쌍꺼풀

싱꺼풀

안나 지음

김선희 옮김

미래인

쌍꺼풀

1판 1쇄 발행 2011년 10월 25일
1판 5쇄 발행 2017년 6월 20일

지은이 안나 | 옮긴이 김선희 | 펴낸이 박혜숙 | 펴낸곳 미래M&B
책임편집 황인석 | 디자인 이정하
전략기획 김민지 | 영업관리 장동환, 김하연
등록 1993년 1월 8일(제10-772호) | 주소 서울시 마포구 동교로 134 미진빌딩 2층
전화 (02) 562-1800(대표) | 팩스 (02) 562-1885(대표)
전자우편 mirae@miraemnb.com | 홈페이지 www.miraeinbooks.com

ISBN 978-89-8394-677-5 03840

값 9,500원

* 잘못 만들어진 책은 구입처에서 바꾸어 드립니다.
* 미래인은 미래M&B가 만든 단행본 브랜드입니다.

내 결점을 비롯해 모든 것을 사랑해주는
주나와 제임스에게

차례

1장

여드름

조이스는 거울 속에 비친 자기 모습을 바라보며 고개를 이리저리 돌려보았다. 관자놀이에 흉하게 튀어나온 여드름 위로 검은색 긴 머리칼을 대충 빗어 내렸다. 처음엔 약간 붉기만 하던 것이 날이 갈수록 점점 부어오르고 커지더니, 이번주를 넘기며 조이스의 얼굴 한쪽에 커다란 무덤을 만들어놓았다. 조이스가 몇 년 동안 미용잡지를 통해 갈고 닦은 요령과 다양한 도구, 연고, 찜질 등 별별 짓을 다 해봤지만, 여드름은 그칠 줄 모르고 자꾸 생겨났다.

"조이스, 우리 지금 정말 간다."

조이스의 언니, 헬렌이 잠긴 욕실 문을 쾅쾅 두드렸다.

"그래, 알았어. 금방 나갈게."

조이스는 거울에서 물러나 문손잡이를 향해 돌아섰지만, 갑작스레 그 여드름이 한 번 더 눈길을 잡아끌었다. 조이스는 진저리를 치며 툴툴거렸다. 안 되겠다. 어쩔 수 없다. 다시 하는 수밖에…….

조이스는 거울로 돌아가 세면대 위 티슈 상자에서 티슈 두 장을 뽑았다. 앞으로 몸을 기울이고 티슈를 감은 손가락을 얼굴에 갖다댔다. 큼지막한 여드름이 화끈거렸지만 조이스는 숨을 몰아쉬었다. 한 번에 제대로! 눈알이 핑 돌고, 이가 뿌드득 갈리고, 토할 것 같다. 온몸이 마비될 듯 아프다. 그래도 거울 속에, 피 섞인 고름이랑 쌀알 같은 하얀 덩어리가 살짝 보였다. 조이스는 한숨을 푹 쉬고는 찝찝하고도 시원한 마음으로 외계인 씨앗이 관자놀이에 드러난 것을 바라보았다. 이제 됐다.

조이스는 세면대 위로 몸을 기댔다. 얼마나 아픈지 어질어질할 정도다. 방학하는 날인데, 아직도 존 포드 강한테 학년앨범에 사인해 달라는 말을 꺼내지 못했다. 하지만 이번이 기회다. 다시는 기회가 없다. 앞으로 다가올 졸업반 생활은 이 순간에 달렸다.(학년앨범은 우리나라의 졸업앨범과 비슷한데, 각 학년마다 만들어진다는 점에서 다르다. 학년 말인 여름이면 저마다 자기 앨범에 선생님이나 친구들의 사인을 받기 위해 한바탕 소동이 벌어진다:옮긴이)

조이스는 거울 속 얼굴을 확인했다. 여전히 엉망이지만, 5교시가 끝날 즈음엔 부기가 좀 가라앉을지도 모른다. 조이스는 휴지로 관자놀이를 눌렀다. 아파서 얼굴이 일그러졌다. 제발, 제발 좀 들어가라.

고름이 멎기를 기다리며 조이스는 존에게 할 대사를 연습했다.

"안녕, 존. 미안하지만, 내 학년앨범에 사인 좀 해줄 수 있겠니?"

"너무 촌스러워."

조이스는 욕실 타일 바닥을 물끄러미 바라보았다.

"안녕, 존. 여기 사인 좀!"

조이스는 '초강력 여드름 치료' 연고를 집어 들고 여드름 짜낸 곳에 톡톡 두드려 발랐다. 피부가 따끔거려 눈물이 찔끔 흘렀다. 약이 효과를 발휘하고 있다는 징조였다. 하지만 소용없었다. 추수감사절 크랜베리(딸기의 일종으로, 미국 추수감사절의 대표 과일:옮긴이)를 닮은 여드름이 연고로 번들거렸다. 루돌프의 빨간 코가 엉뚱한 곳에 붙어 있다. 어떻게든 가려야 한다.

조이스는 서랍을 열어 화장할 때 쓰는 초강력 컨실러(피부 결점을 감추어주는 화장품:옮긴이)를 찾아냈다. 베이지색 컨실러를 여드름에 톡톡 바르고 손톱 끝으로 문질렀다. 붉은 기운이 옅어졌지만 아물지 않은 피부는 화장으로 가릴 수가 없었다. 조이스의 어깨가 축 처졌다. 뭔 소용이람? 차라리 얼굴 한가운데 줄 하나를 긋는 게 낫겠다. 이쪽은 콰지모도(빅토르 위고의 소설 『파리의 노트르담』에 나오는 흉측하게 생긴 꼽추:옮긴이). 못생긴 한국인 여자애. 거울에 비친 얼굴을 보니 눈물이 다시 샘솟았다. 되는 게 아무것도 없다.

그만 좀 꿍꿍대. 학교 늦겠다. 조이스는 머리카락을 좀 더 앞으로 당겨서 이 실패작을 가려주는 짙은 커튼으로 삼았다. 그 안에 잠자코 있어. 조이스는 여드름한테 그렇게 이르고는 마침내 거울에서 물러났다.

서둘러 욕실을 빠져나와 거실로 향했다. 헬렌이랑 앤디는 어디 있지? 문 닫는 소리가 들렸었나? 소파에서 책가방을 들어올리는데 탁자 위 쪽지가 눈에 들어왔다. 헬렌이 쓴 거였다.

조이스는 쪽지를 움켜쥐고 재빨리 훑었다.

"언니!"

조이스는 텅 빈 집 안을 향해 비명을 질렀다. 책가방을 휙 바닥에 내던지고 쪽지를 꾸깃꾸깃 뭉개버렸다. 헐레벌떡 방으로 달려간 조이스는 화장대 맨 위 서랍을 뒤져 자전거 열쇠를 찾아냈다. 딱 헬렌답다. 전부 다 자기 스케줄대로 돌아가야 성이 풀린다. 자기 모임에 늦을까 봐 그새를 못 참고 먼저 차를 몰아 휭 떠나버린 거다. 조이스는 자전거를 타고 가면 되니까.

헬렌은 곧 대학교 2학년이 되는데, 아직도 식구들과 같은 집에 살며 마치 자기 차라도 되는 양 차를 쓴다. 조이스도 6개월 전에 운전면허를 땄지만(미국에서는 10학년, 즉 고교 2학년이 되면 운전면허를 취득할 수 있다:옮긴이) 차를 몰아볼 기회는 좀체 생기지 않았다. 언젠가 헬렌이 분가하거나 졸업을 하게 되면 조이스에게도 차를 쓸 기회가 오리라.

조이스는 문을 쾅 닫고 집을 빠져나왔다. 헬렌한테 차에 태워달라고 했던 건 오늘이 그냥 평범한 날이 아니기 때문이었다. 헬렌이 자기 말고 다른 누군가를 천만 분의 일만 생각했다면, 조이스가 오늘 예쁘게 보이려고 얼마나 애썼는지 눈치 챘을 거다.

조이스는 미친 듯이 페달을 밟았다. 집 마당을 빠져나와 거리로 내달리자 눈부신 아침 햇살이 조이스의 눈동자를 반짝반짝 비추었다. 학교를 향해 오르막길을 오를 즈음 이마 위로 땀이 줄줄 흘러 내렸다. 빌어먹을 날씨. 빌어먹을 땀. 빌어먹을 헬렌. 아, 하느님. 조이스는 얼른 여드름을 더듬어보았다. 고만했다. 그래, 적어도 커지진 않은 것 같았다.

언덕 위에 오르니 오렌지데일 시가지가 발아래로 펼쳐졌다. 일터로 향하는 자동차들로 고속도로가 꽉 막혀 있었다. 실눈을 뜨고 내려다보면 멀리 반짝반짝 빛나는 태평양 언저리가 보일 것도 같았다.

언덕을 내려가 학교에 도착한 조이스는 주차장으로 향하는 자동차 행렬을 지나쳐 자전거 거치대에 멈춰 섰다. 주위의 모든 것, 모두의 발걸음과 수다에는 신나는 즐거움이 묻어 있었다. 방학하는 날은 여름이 시작될 때만큼이나 기분이 좋다. 조이스는 자전거에서 껑충 뛰어내렸다. 올 여름은 진짜 다를 거다. 1년 내내 꿈꿔온 것을 드디어 실행할 거니까.

존 포드 강. 드디어 존에게 말을 걸 거다. 뭔가 재미있는, 존이 웃을 만한 말을 할 거다. 아마도 학교에 관한 우스갯소리. 그럼 존은 하하 웃은 뒤 내 학년앨범에 사인을 해줄 거고, 그사이 나도 존의 학년앨범에 사인을 할 거다.

조이스는 안성맞춤의 문장을 준비해두었다. '1분 1초도 소홀히 하지 말자.'

그런데 연하장에서 이 문장을 베낀 걸 알아채면 어쩌지? 아니, 존은 절대 알 리 없다. 존은 여름 내내 이 문장을 보며 나랑 이야기했던 걸 기억할 거다. 조이스는 모두 다 계획을 세워두었다. 존에게 호기심을 심어주고, 가을에 개학하면 확 달라진 모습으로 학교에 나타나 존을 기절초풍시킬 거다. 매일 밤 운동해서 통통한 무릎 위 살을 뺄 거다. 그럼 짧은 치마를 입을 수 있겠지. 깨끗한 피부, 새로 멋지게 자른 머리와 섹시한 옷을 입고 학교로 걸어 들어가면, 존은 무릎을 꿇고 말 거다. 조이스는 방긋 미소 지었다.

멀리서 여학생 몇이 서로 다시는 보지 못할 것처럼 꽥 비명을 지르며 얼싸안았다. 졸업반이 되면 다들 드라마틱해지나 보다. 조이스는 아직 1년 더 학교에 다녀야 한다. 하지만 그 1년은 하품 나고 지루했던 그동안의 학교생활과는 전혀 다를 거다.

조이스는 숨을 깊이 몰아쉬고는 어깨에 멘 가방 쪽으로 손을 뻗었다. 그 순간, 허전한 어깨를 확인하는 순간, 망치로 얻어맞은 듯 머리가 화끈거렸다. 조이스의 마음속 눈은 거리를 가로질러 집으로, 거실로, 꾸깃꾸깃한 종이쪽지 옆 마룻바닥으로 내달렸다.

"젠장!"

학생 몇몇이 흘끗 쳐다보았다. 조이스는 잽싸게 무릎을 굽혀 자전거 자물쇠를 잠그는 체했다. 그러면서 촉촉해진 눈을 손바닥 끝으로 누르며 불길한 징조에 대한 생각을 떨쳐버리려 했다.

학년앨범을 하나 더 사면 된다. 학년앨범을 하나 더 산다고 해서 문제될 건 전혀 없다. 그러니 그냥 계획대로 하면 되는 거다. 하지만 부정적인 생각이 꾸물거렸다. 잘못되면 어쩌지? 오늘은 존한테 사인해달라고 부탁하기에 좋지 않은 날인 걸까? 조이스는 '보류'라는 말을 꿀꺽 집어삼켰다. 아니, 이번이 기회다. 또 다른 기회란 없다. 불길한 징조 같은 건 없다고 스스로에게 확신시키려 애썼다.

조이스는 천천히 교실을 향해 걸음을 옮겼다. 그런데 저 멀리 복도 저편에 친구들과 함께 서 있는 남자애의 모습이 눈에 띄었다. 바로 존 포드 강이었다.

존은 금발의 파도타기 친구들보다 키가 훌쩍 크다. 게다가 삐쩍 마른 대부분의 한국계 남자애들과 달리 근육질이다. 문득, 존이 반은 한국계이고 반은 유럽계라는 소문이 떠올랐다. 네덜란드인가, 독일 아니면 어디라고 하던데. 아무튼 이국적이다. 존의 엄마가 모델 출신이라는 소문도 있었다.

어깨에 멘 가방이 없으니 어쩐지 팔이 허전했다. 조이스는 팔짱을 꼈다. 하지만 그렇게 하면 너무 어색해 보일 거라는 생각이 들었다. 조이스는 청바지 앞주머니에 양손을 쑤셔 넣으며, 존이 과연 자기를 바라볼지 궁금했다. 조이스는 속으로 뇌까렸다. 나를 봐. 나를 보라고. 여드름이 욱신거렸다. 아냐, 보지 마.

존은 한 손을 허공에 흔들며 뭔가 중요한 것을 강조하려는 듯 고개를 까딱까딱 움직이고 있었다. 존이 너무 가까이 있다. 조이스는 곧장 걸어가 존의 어깨를 툭 치고 싶은 충동을 느꼈다. 다른 여자애들이 얘기하는 걸 엿들었던, 옅은 녹갈색의 멋진 눈동자를 올려다보고 싶었다. 그동안 조이스는 존에게 어떻게 말을 걸까 생각하며, 수없이 많은 밤낮을 보내왔다. 어떻게 하면 존이 나랑 사랑에 빠질까……

"어이, 스토커."

누군가 뒤에서 조이스를 툭 쳤다.

"가방은 어디 있어?"

조이스는 태양을 너무 오랫동안 바라보기라도 한 것처럼 서둘러 눈을 깜빡였다. 그러고는 절친 지나에게 미소를 지어 보였다.

"얘기가 길어. 하지만 짧게 얘기할 수 있지. 다 헬렌 때문이야."

지나가 안됐다는 듯 혀를 끌끌 찼다. 두 사람은 팔짱을 끼고 교실을 향해 걸어갔다.

2장
학년앨범

점심시간에, 지나와 조이스는 중앙로에 있는 유칼립투스 나무 아래, 평소 자주 가는 벤치로 향했다. 항상 나뭇가지와 껍질이 뚝뚝 떨어져 수북이 잔해가 쌓이는 바람에 모두 '죽음의 나무'라고 부르는 그 유칼립투스 나무 근처에 감히 얼씬하는 애들은 거의 없다. 한창 중앙로가 붐비는 시간에도 그 벤치는 텅 비어 있다. '선남선녀'들은 보통 다른 벤치를 선택해 자리 잡으니까. 덕분에 그 벤치에 앉아 있으면 점심시간에 오렌지데일 고등학교에서 벌어지는 리얼리티 쇼를 실컷 구경할 수 있다.

지나는 벤치 바닥을 툭툭 털고 앉아 요거트 뚜껑을 열었다. 껑다리 농구부 선수들이 치어리더 두 명과 수다를 떨며 지나갔다. 그러자 지나가 외쳤다.

"세상에! 빌이 아직도 제니랑 얘기를 하다니, 말도 안 돼. 제니는 댄스파티에서 빌하고 제일 친한 애랑 바람피웠잖아. 정말 구역질난다. 그런데도 다시 시작한다고? 하지만, 제니가 저 옷을 입으니까 정말 예쁘긴 하다."

조이스는 씩 웃으며 친구를 내려다보았다. 지나는 여느 때처럼 나무랄 데 없이 깔끔했다. 둘 다 청바지에 티셔츠 차림이지만, 지나는 어떻게 하면 더 멋지게 보일지를 알아서 멋진 허리띠와 은 목걸이로 포인트를 주었다. 썩 잘 어울려 보였다. 이에 반해 조이스 자신은 어쩔 수 없이 그냥 꿰어 입은 느낌이 들었다.

조이스는 그 애들을 흘끗 넘겨다보았다. 하지만 그 애들이 뭘 하든 관심이 없었다. 그저 앞으로 해야 할 일이 걱정스러울 뿐이었다.

"제니가 뭘 입고 있든 난 관심 없어. 학년앨범이나 하나 더 있으면 좋겠다."

지나는 계속 그 애들에게 눈을 고정시킨 채 숟가락으로 요거트를 휘저었다.

"하나 더 사서 뭐 하게?"

"그럼 그 애한테 가서 그냥 종이에 사인해달라고 하란 말이야?"

조이스는 초코바 껍질을 벗기고 한 입 크게 베어 물었다. 그러고는 초콜릿을 혀로 녹이며 천천히 음미했다.

"나한테 10달러 있어. 그러니까, 40달러 좀 빌려줄래? 나중에 줄게."

"넌 스토커야. 확실해. 50달러가 누구네 집 개 이름이야?"

"상관없어."

지나는 고개를 절레절레 흔들더니 숟가락 가득 요거트를 떠먹었다. 이것이 두 사람의 점심시간 일과다. 지나가 요거트를 먹으면, 조이스는 초콜릿을 먹는다.

지나가 말했다.

"너, 초콜릿 먹으면 안 되는 거 알지? 여드름 나."

조이스는 초코바를 한 입 더 베어 물고 나서 관자놀이를 덮고 있던 머리카락을 뒤로 제쳤다.

"이 초코바는 여드름이랑 상관없어. 벌써 났으니까."

"미친 거 아냐? 폐암에 걸렸는데 담배 피우는 거랑 똑같잖아."

조이스는 어깨를 으쓱해 보이고는 초코바의 마지막 조각을 콱 깨물어 입 속으로 집어넣었다. 지나는 그런 조이스를 부러움 가득한 눈으로 바라보았다. 지나는 정크푸드를 끊은 지 거의 3개월이 되었다. 독하게 마음먹고 실천한 결과 놀랍게도 벌써 몇 킬로그램이나 살이 빠졌다. 하지만 볼살은 하나도 빠지지 않았다. 볼살이야말로 지나가 애타게 빠지길 바랐던 부위인데 말이다. 지나 엄마의 친구가 '달덩이'라고 부른 다음부터 지나는 둥글넓적한 뺨에 몹시 신경 썼다. 조이스가 보기에, 지나가 귀여워 보이는 건 그 보들보들하고 둥그스름한 얼굴 덕이었다. 하지만 지나는 그것 때문에 일본만화 주인공처럼 보인다며 싫어했다.

조이스와 지나는 조이스네 가족이 운영하는 한국식당에 지나 엄마가 일하러 온 후로 가장 친한 친구가 되었다. 지나는 유진아를 짧게 부른 이름이다. 조이스가 자기 이름을 싫어하는 것만큼 지나도 자기 이름을 싫어한다. 그래도 지나는 멋진 별명을 얻었다. 반면, 조이스는 짧게 부를 만한 괜찮은 이름이 없었다. '조이(Joy)' 정도? 하지만 누가 크리스마스캐럴 〈기쁘다 구주 오셨네(Joy to the World)〉를 부르면서 놀릴까 봐 걱정스러웠다.

"새 수영복."

지나가 말했다.

"뭐라고?"

조이스는 일어서서 초코바 포장지를 버렸다.

"나 같으면 50달러로 새 수영복을 사겠다."

지나는 얼굴을 찡그리더니 요거트를 한 입 밀어 넣었다.

"난 학년앨범이 필요해."

조이스는 여전히 선 채였다.

"매점에 같이 갈 거야, 안 갈 거야?"

지나는 한숨을 푹 쉬더니 일어나 쓰레기통에 요거트 통을 버렸다.

"그래, 스토커. 나도 그래놀라 바(아침, 건강식으로 먹는 시리얼 바: 옮긴이)를 사야 하니까."

두 사람은 중앙로 끝, 학생회 사무실과 매점이 있는 큰 건물을 향해 걸음을 옮겼다. 매점은 학생회에서 기금 조성을 위해 운영하는데, 언제나 만원이다. 지나는 스낵 코너로 가고 조이스는 학생들로 붐비는 계산대 앞에 줄을 섰다. 벽에 역대 학생회장들의 사진 액자가 걸려 있었다. 조이스는 헬렌의 사진을 보지 않으려고 눈길을 돌렸다. 오렌지데일 고등학교의 최초이자 유일한 아시아계 여자 학생회장. 헬렌은 1년 전에 졸업했다. 하지만 메달과 상패가 들어 있는 진열장이란 진열장엔 죄다 헬렌의 유물이 있어서 조이스는 여전히 헬렌에게서 벗어날 수가 없었다.

조이스는 헬렌의 액자에서 등을 돌린 채 자기 차례를 기다리면서 주위에 있는 학생들의 뒤통수를 하나하나 살폈다. 검은 머리칼에 키가 크고, 전하는 바에 따르면 아름다운 녹갈색 눈동자를 가졌다는 누군가를 찾아서.

"이봐, 앞으로 좀 가시지. 네 차례잖아."

하얀색 셔츠를 입은 근육질 남자애가 말했다.

조이스는 뒷줄을 돌아보고는 몸을 돌려 계산대 뒤의 남학생에게 말했다.

"학년앨범 주세요."

남학생이 물건이 가득한 상자에서 은청색 학년앨범을 끄집어냈다.

"50달러."

조이스는 주머니에서 10달러를 꺼낸 다음, 지나를 찾아 뒤돌아보았다. 지나는 아직도 스낵 판매대 앞에 서 있었다.

"지나, 돈 좀 줘."

그러자 뒤에 있던 근육질 남자애가 큰 소리로 투덜거렸다.

"저리 좀 비켜주지 않을래?"

조이스는 안절부절못하며 더 큰 소리로 외쳤다.

"지나!"

"젠장, 동양 계집애들은 운전하는 것만큼이나 꾸물거린다니까."

근육질 남자애가 중얼거렸다.

조이스는 못 들은 체하며 머리카락을 귀 뒤로 넘겼다.

지나가 조이스의 어깨를 툭 쳤다. 그러고는 5달러짜리 하나, 20달러짜리 두 장과 그래놀라 바 꾸러미를 건넸다.

"해도 해도 너무하잖아."

근육질 남자애가 말했다.

그러자 지나가 그 남자애를 노려보며 얼굴을 찡그렸다.

조이스는 재빨리 돈을 내려놓고 학년앨범을 움켜쥐었다. 계산대 뒤 남학생이 거스름돈을 건네면서 조이스의 옆머리를 뚫어져라 보는 게 느껴졌다. 관심을 받아 고동치는 여드름이 느껴졌다. 조이스는 거스름돈을 움켜쥐고 매점을 헐레벌떡 빠져나왔다.

"조이스, 기다려."

지나가 소리쳐 불렀다.

조이스는 사람들을 헤치고 가다가 복도에서 멈추었다.

뒤따라온 지나가 말했다.

"왜 그래?"

"난 여기가 싫어."

조이스는 텅 빈 복도를 보며 학년앨범을 가슴께로 꼭 끌어안았다.

"새삼스럽게 왜 그래?"

그래놀라 꾸러미와 거스름돈을 건네받은 지나가 그래놀라 바 포장지를 벗기며 말했다.

두 사람은 복도를 따라 걷기 시작했다.

"야, 방학하는 날이잖아. 기분 좀 내라."

지나의 말에 조이스는 씁쓸하게 웃었다.

"학년앨범 사는 데 50달러나 썼어. 근데 아까 그 고깃덩어리가 나한테 뭐라고 했는지 알아?"

지나가 걸음을 멈추었다.

"뭐라고 했는데?"

"동양 계집애라고, 운전하는 것만큼이나 느려터지다고 했어."

지나가 아랫입술을 깨물었다.

"촌뜨기, 거지 같은 자식, 루저(loser. 멍청이, 얼간이를 뜻하는 속어: 옮긴이)!"

지나가 뒤돌아 다시 매점으로 향했다.

조이스는 손을 뻗어 지나의 셔츠 뒷자락을 움켜잡았다.

"뭐 하려고? 가서 때리게?"

"아니, 그 멍청이한테 대안 명칭을 가르쳐주려고. 동양 계집애가 아니라 아시아 계집애라고 말이야."(동양[oriental]이란 말에는 인종차별적 의미가 있다:옮긴이)

"좋아, 그러고 나면?"

"그러고 나면 녀석은 깨닫겠지. 난 기분이 좋아지고."

조이스는 고개를 설레설레 저었다.

"신경 꺼. 네안데르탈인을 어떻게 가르치니? 게다가 오늘은 방학하는 날이야. 잊었어?"

"난 이 학교가 싫어."

조이스는 콧방귀를 뀌며 미소 지었다. 지나도 따라 웃었다.

지나가 말했다.

"가자, 이 느러터진 아시아 계집애야. 네 사물함까지 같이 걸어가 줄게."

"고마워, 계집애야."

조이스는 답했다.

두 사람은 느릿느릿 사물함을 향해 걸어가기 시작했다.

사물함 앞에 멈춰 선 조이스는 문을 열고 안에 달린 거울 속 자기 얼굴을 물끄러미 바라보았다. 여드름을 가리기 위해 머리카락을 앞쪽으로 확실하게 빗어내렸다. 여드름 때문에 똑같은 창피를 또 당하고 싶지 않았다.

조이스는 지나를 바라보며 물었다.

"나, 어때?"

지나는 바닥에 앉아 조이스의 학년앨범에 사인을 하고 있었다.

"예뻐."

지나는 고개도 안 들고 말했다.

조이스는 마지막으로 자기 얼굴을 확인했다. 이번이 기회다. 5교시. 존 포드 강의 눈동자 색깔을 진짜로 볼 수 있는 마지막 기회.

"행운을 빌어줘."

조이스는 숨을 몰아쉬며 말했다.

"행운을 빌어."

지나는 여전히 학년앨범에서 시선을 떼지 않은 채였다.

조이스는 얼굴을 찡그렸다.

"뭐 하는 거야? 거기에 쓰지 마. 쓸데없는 말 써서 일을 망치면 어쩌려고?"

화려한 장식체 사인을 마치고 지나가 말했다.

"야, 텅 빈 학년앨범을 그 애한테 보여줄 순 없잖아."

조이스는 학년앨범을 움켜쥐고 텅 빈 페이지를 계속 넘겼다.

"너, 어디에 사인했어?"

조이스가 허둥지둥 묻자, 지나가 킥킥 웃으며 자리에서 일어섰다.

"걱정 마, 조이스. 봐, 여기다 했어. 엄청 크게."

그러고는 페이지를 휙 넘기더니 학교 상징인 오렌지나무 사진이 있는 페이지를 보여주었다.

"걔보고 여기에 사인하라고 해."

조이스는 대문자로 '안녕, 아시아 계집애'로 시작되는 지나의 사인을 살폈다.

"지나!"

하지만 지나는 벌써 복도를 내려가며 손을 흔들고 있었다.

5교시 수업을 알리는 종소리가 뻥 뚫린 복도를 타고 울려 퍼졌다.

지나가 두 손을 모아 입에 대고 소리쳤다.

"넌 할 수 있어!"

조이스는 학년앨범을 덮었다. 그래, 이번이 기회다.

3장
어메이징한 눈동자

둘은 같은 화학수업을 들었다. 이번 학기 내내, 조이스는 표본이라도 되는 것처럼 존 포드 강을 계속 살펴볼 수 있었다. 그 애 근육의 움직임 하나하나, 그 애가 웃을 때의 억양 하나하나, 그 애가 가지고 있는 티셔츠 하나하나. 딱 하나, 조이스가 못 한 것. 그건 바로 용기를 내어 그 애 눈동자를 들여다보지 못한 거다. 조이스는 비커와 피펫을 잘 챙겨두라는 블레빈스 선생님의 지시에 거의 집중할 수가 없었다. 다행스럽게도 실험실 파트너, 린은 이런 걸 잘했다.

이 학교에는 아시아계 학생이 이삼십 명 정도 되는데, 조이스와 같은 학년에는 여섯 명 있다. 그 애들 거의 모두랑 수업을 들었지만 그 애들과 짝이 된 적은 한 번도 없었다. 린 송은 전형적인 아시아계 학생이다. 두꺼운 안경을 써서 가뜩이나 가는 눈이 훨씬 더 쭉 찢어져 보인다. 부스스한 생머리가 등을 가로질러 싹둑 잘려 있고, 내내 얼굴을 덮고 있다. 패션 감각은 완전 꽝이다. 무난하고 깔끔한 세라믹 팔찌 대신 구닥다리 금속 팔지를 즐겨 차는 건 말할 것도 없다. 린은 괜찮은 아이이지만, 특히 진지한 모습으로 질문을 할 때면 조이스조차 웃음을 참기 힘들다.

린과 조이스는 마치 좋은 팀이라도 되는 것처럼 움직이며 비커 세트를 치웠다. 린이 물로 씻어내면 조이스가 물기를 닦아냈다.

"여름방학 계획 세웠어?"

조이스는 중대한 임무에서 마음을 떨쳐내려고 린에게 물었다. 수업 끝날 때 존에게 학년앨범에 사인을 해달라고 할 참이었다.

"캘리포니아공대에서 여름방학 과학 프로그램을 들을 거야."

린이 안경을 들어 올리고 손에 든 비커를 바라보며 말했다. 린의 머리칼이 계속 얼굴에 흘러내려 조금 지저분해 보였다.

"재밌겠다."

조이스는 존이 자기 책상을 향해 교실을 가로질러 가는 모습을 바라보며 말했다.

린이 하던 일을 멈추고 고개를 들었다.

"너, 제정신이야? 거긴 지옥이나 마찬가지라구. 진학 지도 선생님이 대학 지원하는 데 유리할 거라고 추천해서 하는 것뿐이야."

"내 말은 우리 학교 애들 말고 다른 사람들을 만나는 게 재밌겠다는 거지."

"그건 그래."

린의 눈동자가 종이뭉치를 서로 던져대는 두 녀석을 쫓았다.

"정말 저런 루저들은 싹 없어졌으면 좋겠어."

조이스는 씩 웃었다. 자신이 얼마나 엉망으로 보이든, 다른 사람이 어떻게 생각하든, 린은 전혀 개의치 않는다. 린은 아이비리그 대학에 관심을 두고 있는데, 그 목표를 위해서라면 뭐든 한다. 조이스는 자신감 넘치는 그런 린의 모습이 부러웠다. 그 비법이 뭔지 묻고 싶었다.

말없이 세척을 마무리하고 말끔한 비커를 캐비닛에 다시 넣은 다음, 조이스는 교실을 둘러보았다. 존은 자기 책상 위에 앉아 친구와 얘기하고 있었다. 언제나 존과 얘기하고 싶어 하는 친구가 있었다. 존은 아시아계지만, 다른 아이들과 똑같아 보이고 또 그렇게 행동했다. 마치 이 학교, 여기 사는 사람인 것처럼 여기 학생 모두와 어울렸다. 이 지역으로 이주했거나, 오렌지데일 최고의 학교에 다니려고 위장 전입한 이민자가 아닌 것처럼. 어쩌면 그건 존이 반만 아시아계인 데다 영화배우처럼 생겨서인지도 모른다. 엄마가 김치찌개를 끓여 집 안 전체에 냄새를 풀풀 풍기지 않는 외국인 모델 출신이라서 그런지도 모른다. 존의 엄마가 김치찌개를 끓이지 않는다면, 그렇다면 존의 아빠는 한국음식을 어떻게든 혼자서 해결해야 한다. 한국사람들은 자기네 나라 음식 없인 못 사니까. 마늘, 고추 그리고 소금 버무림 중독은 태어날 때부터 한국사람의 몸에 이식된 게 틀림없다. 존의 아빠도 한국음식을 먹으러 조이스네 식당에 왔을지 모른다. 식당에서 존의 아빠를 보면 단박에 알아볼 수 있을까?

조이스는 시계를 흘끔 올려다보았다. 시간이 됐다. 조이스는 여드름 위로 머리칼을 좀 더 끌어내리고 깊은 숨을 몰아쉬었다. 그러고는 학년앨범을 방패처럼 안고 존의 책상으로 걸어갔다.

방해하고 싶지는 않았다. 그래서 존이 알아차릴 때까지 잠자코 기다렸다. 존의 친구가 기막힌 파도타기 지점을 찾는 법을 설명하는 게 끝날 때까지……. 곧 벨이 울릴 거다. 조이스는 목소리를 가다듬었다.

귀를 뚫을 것 같은 날카로운 벨소리가 울려 퍼졌다.

존이 책상에서 껑충 뛰어내리다 조이스와 딱 부딪쳤다. 조이스는 휘청거리며 뒤로 물러나다가 바닥으로 넘어졌다.

"이런, 미안해. 거기 있는 줄 몰랐어."

존이 손을 내밀었다.

조이스는 자동으로 몸을 일으키며 존의 손을 잡았다. 존은 아주 멋지게 단 한 번에 조이스를 끌어 당겼다. 매끄러우면서도 꽤 힘이 셌다.

조이스가 일어서자 존이 미소 지으며 조이스를 바라보았다. 조이스는 존의 눈동자를 뚫어져라 바라보았다. 아, 어메이징한 눈동자야. 갈색하고 초록색이 너무 예뻐.

존이 물었다.

"괜찮니?"

조이스는 고개를 끄덕였다.

"여기 있어."

존이 허리를 굽혀 바닥에 떨어진 학년앨범을 집어 들었다.

"미안하게 됐어. 저 벨소리는 가끔씩 사람을 깜짝 놀라게 한다니까."

그러고는 학년앨범을 조이스에게 건넸다.

조이스는 다시 고개를 끄덕였다.

"여름방학 잘 보내."

그렇게 말하고 잠시 멈칫하더니 존이 윙크를 했다.

조이스는 숨이 막혀왔다. 다른 남자애의 윙크였다면 싼 티 나고 진짜 천박했을 거다. 하지만 존 포드 강의 윙크는 조이스의 가슴을 울렸다.

존이 발걸음을 옮기기 시작했다.

"잠깐만!"

조이스의 외침에 존이 걸음을 멈추었다.

조이스는 존에게 달려가 학년앨범을 내밀었다.

"여기 사인 좀 해줄래?"

존이 어깨를 으쓱해 보였다.

"그래, 그러지 뭐!"

존이 학년앨범을 뒤적이기 시작했다.

얼른 뒤로 물러난 조이스는 학년앨범을 잡아당겨 지나가 사인했던 페이지를 더듬거리며 뒤졌다. 얼굴이 불타오르는 게 느껴졌다.

"어디에 하냐면……."

존은 가방을 바닥에 내려놓고 잠자코 기다렸다. 조이스는 오렌지 나무가 있는 페이지를 찾아 존에게 내밀었다. 지나의 이상한 손글씨를 내려다보며 존이 물었다.

"펜 있니?"

"아, 아니."

책상 주변을 살펴보았지만 펜은 어디에도 눈에 띄지 않았다.

"기다려. 내가 찾아서 갖다줄게."

조이스는 혀를 깨물고 싶었다. 왜 제대로 말을 못 하는 걸까? 존이 나를 한국에서 배 타고 갓 이민 온 촌닭이라고 생각하면 어쩌지?

존이 자기 책가방으로 허리를 굽혔다.

"괜찮아. 가방에 하나 있어."

존이 가방을 열고 펜을 꺼내 학년앨범에 손을 내미는 걸 바라보는 게 마치 몇 시간처럼 느껴졌다. 뭐라고 쓸까 조심스레 생각하고 후다닥 써내려가는 걸 바라보느라 또 평생의 시간이 흘렀다. 존이 학년앨범으로 몸을 기울일 때의 단단한 어깨. 펜을 잡은 길고 가는 손가락. 끝이 살짝 올라간 짙은 속눈썹. 놀라웠다. 완벽했다.

자기를 바라보는 시선을 느끼고 존이 고개를 들어올렸다. 조이스는 후다닥 시선을 떨어뜨렸다. 그러고는 초조하게 손을 뻗어 귀 뒤로 머리칼을 넘겼다. 하지만 그러다 여드름이 보일지 모른다는 걸 깨닫고는 동작을 멈추었다.

"자, 여기."

존이 학년앨범을 덮고 조이스에게 돌려주며 말했다.

"난 올해 학년앨범 안 샀어. 샀으면 나도 사인해달라고 할 텐데."

존이 미안한 표정을 지으며 이어 말했다.

"학년앨범 하나에 50달러는 좀 심한 것 같아."

"맞아. 근데 우리 엄마가 하나 사라고 해서……."

조이스는 거짓말을 했다. 목소리가 올라가며 새된 소리가 났다.

얼간이. 조이스는 스스로를 호되게 꾸짖었다. 처음으로 존과 진짜 대화를 하고 있다. 그런데 고작 한다는 소리가 엄마가 하나 사라고 해서 샀다고? 재미있는 대화는 어떻게 된 거야? 여름에 대한 멋진 대사는? 이건 조이스가 계획한 것이 아니었다.

가방 앞주머니에 펜을 밀어 넣으며 존이 말했다.

"담에 또 보자."

"그래, 또 봐."

조이스도 따라 인사를 건넸다.

존이 알았다는 듯이 손을 들어올렸다. 그러고는 복도를 향해 걸어가 아이들 틈으로 사라져버렸다.

조이스는 텅 빈 교실 한가운데 서서 멍하니 문을 바라보았다. 이게 꿈인가, 생시인가? 존 포드 강이랑 얘기하다니! 조이스는 양손에 든 학년앨범을 내려다보았다. 계획했던 매끄러운 대사는 제대로 되지 않았고, 존의 학년앨범에 재치 있는 글을 남기지도 못했다. 하지만 적어도 첫 단계는 내디뎠다. 이젠 조이스가 누군지 존이 안다.

조이스는 존의 눈동자 색깔을 떠올렸다. 귀여우면서도 매력적인 초록색과 갈색. 그 느낌이 조이스의 몸으로 서서히 퍼지면서, 조이스의 얼굴을 가로질러 야릇한 미소가 번졌다. 내가 해냈다. 진짜로 해냈어! 너무 좋아 하늘을 향해 만세 부르고 공원에서 미친 듯이 춤을 추고 싶었다. 존 포드 강이 조이스의 학년앨범에 사인을 했다!

조이스는 중앙로 한가운데서 소리치고 싶었다. 존 포드 강이 내 학년앨범에 사인했다! 조이스는 손바닥으로 입을 틀어막고 터져 나오는 비명을 꾹 참았다. 조심스럽게 학년앨범을 펼쳤다. 페이지를 넘겨 마침내 존의 글씨를 찾아냈다.

안녕, 린.

화학시간에 널 알게 돼 즐거웠어.

방학하는 날 널 죽일 뻔해서 미안해.

끝내주는 여름 보내.

-JFK

조이스는 눈을 감았다. 살갗 땀구멍마다 수치스러움과 당황스러움으로 따끔거렸다. 조이스는 창피해서 두 손으로 얼굴을 가렸다. 린. 존은 내가 린이라고 생각했다. 린. 조이스는 다시 확인하려고 들여다보았다. 의심의 여지가 없다. '안녕, 린.' 그 이름에서 눈을 뗄 수가 없다. 린, 린 송. 린 송. 학교에서 제일 못생긴 여자애.

4장
아리랑식당

조이스는 자전거를 타고 오렌지데일 시내에 있는 부모님의 식당으로 향했다. 천천히 눈물을 닦아내고 수치스러운 기억을 떨쳐버리려 애쓰면서.

카센터 옆을 지날 때, 조이스는 뒷주머니에 더러운 기름걸레를 꽂은 채 서 있는 청년들에게 손을 흔들어 인사를 건넸다. 그중 몇 명은 부모님 식당에서 점심을 즐겨 먹는데, 누가 매운 고추장을 잘 먹나 내기를 걸기도 한다.

조지가 손을 흔들며 외쳤다.

"안녕, 조이스. 헬렌은 몇 시부터 일 시작해?"

헬렌의 이름이 나오자 다른 청년이 늑대 같은 휘파람 소리를 냈다. 조이스는 손을 흔들며 페달을 밟았다.

조지가 소리쳤다.

"헬렌한테 전해줘. 내가 아직도 기다리고 있다고 말이야. 청혼했던 거……."

한 블록 지나, 조이스는 중학생들이 와글와글 가득 찬 편의점 주차장을 지나쳤다. 그 애들은 슬러시와 사탕으로 방학식 날을 즐기고 있었다. 조이스는 초코바가 먹고 싶었다. 하지만 저런 들뜬 목소리를 다 귀담아 들어야 한다는 생각에 그냥 지나쳤다. 단란했던 중학교 시절이 떠올라, 울컥 또 눈물이 솟았다.

헬렌과 조이스는 둘 다 새 학교에서 다시 시작해야 했다. 부모님이 로스앤젤레스 카운티에 있는 좋은 학교에 자식들을 보낼 수 있는 이 지역에 식당을 차린 다음부터였다. 그 전의 즐거웠던 2년 동안, 조이스는 '헬렌 박'을 아는 사람이 아무도 없는 중학교에 다녔다. 조이스는 그냥 조이스일 뿐이었다. 그거면 충분했다. 하지만 조이스가 고등학교에 들어간 뒤로, 모든 게 비교의 대상이 되었다.

오렌지데일 고등학교에 입학한 조이스는 헬렌과 같은 동호회에 가입해 소프트볼을 했다. 그런데 조이스를 소개할 때마다, 사람들은 진짜 헬렌 동생이 맞느냐고 물어보기 일쑤였다. 헬렌이 조이스를 더 챙겨주려 하면 할수록, 조이스는 기분이 더 나빴다. 하지만 달리 별수가 없다는 걸 깨닫고는 결국 모든 것을 단념해버렸다. 헬렌이 남자애한테 자기 학년앨범에 사인해달라고 했다면, 그 남자애는 다른 누구하고도 절대 이름을 혼동하지 않았을 거다.

조이스는 먹자골목으로 방향을 틀어 텅 빈 뒷골목으로 내려갔다. 식당 뒷문에 다다르자 주전자 두드리는 소리와 시끄러운 한국음악

소리가 흘러나왔다. 자전거에서 뛰어내린 조이스는 양손으로 얼굴의 눈물 자국을 훔쳐냈다. 한숨을 푹 쉬고 뒷문을 밀어 열었다. 코를 찌를 듯한 고추, 양파, 마늘 냄새가 금세 온 감각에 배어들었다.

"나 왔어."

조이스는 소리치며 창고 안, 쌀자루 옆에 자전거를 세워두었다.

"조이스니?"

엄마가 외쳤다.

"응, 엄마."

조이스는 주방으로 걸어 들어갔다.

엄마와 지나 엄마가 커다란 흰색 양동이를 엎어놓고 양파를 까고 있었다. 둘 다 뒷머리에 머릿수건을 쓰고 식당 이름 '아리랑'이 찍힌 앞치마를 둘렀다.

"아빠가 테이블 위 소금통은 다 채웠으니까, 넌 밥 먹고 테이블 정리하면 돼."

엄마가 자리에서 일어나 조리대 위에 과도를 올려놓았다. 그러고는 걸어와 조이스의 얼굴을 들여다보았다.

"학교는 어땠어?"

조이스는 어깨를 으쓱해 보였다. 엄마와 눈을 마주칠 수 없어서 온 힘을 다해 눈물을 꾹 참았다.

"무슨 일 있니? 지난밤에 꿈자리가 뒤숭숭했거든."

엄마에겐 신비한 영적 능력, 육감이 있어서 딸한테 문제가 생기면 바로 알아볼 수 있다고 엄마가 우겼다. 엄마의 눈동자가 조이스의 관자놀이에 머물렀다.

"얼굴에 무슨 짓을 한 거야?"

조이스는 뒤로 내뺐다.

"아무것도 아냐!"

엄마가 주방으로 쫓아와 조이스를 붙잡고는 딸의 머리칼을 뒤로 넘겼다.

"얘야, 왜 자꾸 짜니? 그냥 내버려둬야 빨리 아물지."

엄마가 혀를 끌끌 찼다.

"아냐, 안 짰어."

조이스는 계속 종알거리며 밥통에서 밥을 떠 비빔밥을 준비했다.

엄마는 조리대로 향하며 지나 엄마와 큰 소리로 이야기를 나누기 시작했다.

"조이스 쟤는 자기만 여드름이 나는 줄 안다니까. 짜지 말라고 그렇게 일렀는데 말을 안 듣네. 난 자기 나이였던 적이 없는 줄 아나 봐."

"난 얼굴이 온통 여드름투성이였어. 등까지 났다니까!"

지나 엄마가 대답했다. 그러고는 순식간에 양파껍질을 벗겨내 커다란 스테인리스 그릇으로 던졌다.

"지나는 피부가 자기 아빠를 닮았어. 아직 깨끗해. 아기 때처럼."

조이스는 갖가지 반찬 그릇이 놓여 있는 조리대에서 나물, 고기, 고추장을 퍼 밥 위에 담았다.

"지나가 날 닮은 데는 몸뚱이랑 둥글둥글한 얼굴뿐이야. 걔는 맨

날 다이어트 중이라니깐. 볼살 빼려고.”

지나 엄마가 호호 웃으며 엄마에게 말했다.

조이스는 엄마와 지나 엄마가 딸 흉보는 걸 못 들은 체했다.

조이스는 주방을 나와 식당 앞쪽으로 걸음을 옮겼다. 계산대 뒤, 아빠가 의자에 앉아 몇 주째 끼고 다니며 틈날 때마다 보는 책을 읽고 있었다. 아빠가 책에 저렇게나 관심을 보인 적이 없어서 무슨 책이냐고 물어봤더니(조이스는 한글을 읽을 줄 모른다), 아빠는 이렇게 답했다.

“재미있는 추리소설.”

“식사하셨어요?”

조이스는 밥에 고추장을 비비며 말했다.

아빠가 책에서 고개를 들며 웃었다.

“방학식 잘 했니?”

“그냥 그랬어.”

조이스는 계산대에 등을 기대고 앤디가 있는지 둘러보았다. 엄마는 보통 앤디를 픽업해 식당에 데려온다.

“앤디는 어디 있어?”

“친구들이랑 학교 농구장에…….”

“뭐?”

조이스는 몸을 곧추 세웠다.

“어떻게 나만 일하러 올 수가 있어? 앤디는 안 하고?”

아빠가 고개를 설레설레 젓더니 다시 책을 들여다보며 말했다.

“앤디는 아직 어리잖아. 좀 놀게 해줘라.”

“난?”

“내일. 넌 내일 놀게 해줄게.”

“하루 종일?”

조이스가 급반색을 하며 묻자, 아빠가 한숨을 쉬었다.

“저녁시간엔 일손이 달려.”

불만을 터뜨려서는 안 된다는 거, 조이스도 안다. 하지만 식당 일을 도와주는 건 진짜 따분하기 짝이 없다. 전에 있던 종업원 수연은 한 달 전에 떠나버렸다. 그 뒤로 모두에게, 특히 헬렌과 조이스에게 시련이 닥쳤다. 두 사람이 그 공백을 메워야 했으니까. 하지만 한 식구처럼 생활하며 헬렌과 가장 친한 친구였던 수연을 탓하는 사람은 없었다. 재미있는 농담을 잘하는 수연이 없으니 식당이 텅 빈 느낌이 들었다. 수연은 왜 떠나는지 설명하지 않았다. 그냥 어느 날 와서 눈물을 흘리며 떠난다고 했다. 모두들 이래라 저래라 참견하기 좋아하는 수연의 어머니와 관계가 있으리라고 짐작했다. 창문에 사람을 구한다는 공지문을 붙이고 교포신문에 구인 광고도 냈지만, 그걸 보고 찾아오는 사람은 없었다.

조이스는 비빔밥을 내려다보았다.

“지나 불러서 오후에 같이 놀아도 돼?”

아빠가 끄덕였다.

“할 일 다 하겠다고 약속하면.”

“알았어.”

조이스는 계산대 옆 전화기를 들었다.

"안녕, 지나. 이따 우리 식당에 놀러 올래? 미안, 알아. 나중에 얘기해줄게."

조이스는 아빠를 흘끗 쳐다보았다.

"그냥 와. 그래. 이따 봐."

조이스는 비빔밥 그릇을 들고 창가의 테이블에 가 앉았다. 조이스는 방과 후 지나를 마주할 수가 없었다. 6교시 체육 수업을 빼먹고 일찌감치 라커를 정리하러 갔다. 지나한테는 나중에 전화하겠다는 쪽지를 남겨두었다. 내 이름조차 제대로 모르는 남자애한테 50달러나 썼다는 걸 지나한테 말한다는 게 정말 너무나도 고통스러웠다.

조이스가 존한테 반했다는 이야기를 처음 꺼냈을 때, 지나는 엄청나게 놀려댔다. 존은 오렌지데일 고등학교의 부자 '눈사람' (한국계 친구들은 백인 아이들을 그렇게 부른다) 사이에서 몇 안 되는, 인기 있는 아시아계 미국인이다. 지나는 존을 '바나나' 라고 불렀다. 밖은 노랗고, 안은 하얘서 아시아계 애송이들과 놀러 나가는 일은 절대 없을 거라고 했다. 존은 언제나 금발머리들과 사귀는 것 같았다. 머리카락 색이 밝으면 밝을수록 더 좋아하는 것 같았다.

조이스는 밥 한 술을 떠서 매운 고추장을 맛보았다.

존은 금발머리랑 데이트하는 걸 좋아한다. 하지만 어쩌면, 어쩌면, 언젠가는, 한국계 여자애랑 사랑에 빠질 수도 있을 거다. 한국사람과 어울리면 편안한 느낌이 든다는 걸 그 애도 알게 될 거다.

"우린 같은 한국사람이야."

조이스가 지적하자, 지나는 까르르 웃음을 터뜨렸었다.

조이스는 매운 비빔밥을 한 입 더 떠먹었다. 문득 존이 한국음식을 좋아할지 궁금했다.

* * *

조이스와 지나는 테이블을 오가며 양념통을 정리하고 간장 종지에 간장을 채웠다.

"그 애가 널 린 송으로 알았다고?"

지나가 말도 안 된다는 듯이 물으며 몸을 앞으로 기울였다.

"그 얼간이가 네 얼굴은 보기나 했어?"

"그래. 진짜 괜찮더라."

지나가 턱을 쑥 빼고 공격하려는 뱀처럼 머리를 빙글 돌렸다.

"네 이름도 모르고 그 괴상한 애 이름으로 불렀는데, 괜찮긴 뭐가 괜찮다는 거야? 그건 절대 괜찮은 게 아냐, 조이스."

"쉿!"

조이스는 주방을 건너다보며 소곤거렸다. 부모님이 엿듣는 건 질색이니까.

"그래서 학년앨범 어쨌어?"

지나가 목소리를 낮춰 물었다.

"어, 그러니까, 버렸어."

조이스는 거짓말을 했다.

"버렸다고? 50달러를 버렸다고?"

지나가 버럭 고함을 질렀다.

조이스는 간장병을 내려놓았다.

"그만해, 지나. 그냥 간장이나 부어, 알았어?"

지나는 뺨 안쪽을 잘근잘근 깨물며 화난 입술을 오므렸다.

조이스는 양념통 쟁반을 들고 다음 테이블로 움직였다. 지나는 그대로 서 있었다. 돈을 낭비하는 건 지나에게 늘 견딜 수 없는 주제였다. 지나의 아버지가 5년 전에 떠나고 난 뒤, 돈 문제는 언제나 지나의 마음을 떠나지 않았다. 지나는 SAT(미국의 대입 자격시험:옮긴이) 점수를 잘 따려고 주말에 아르바이트를 한다. 무엇을 하든, 지나는 최선을 다한다. 지나에게 평범한 주립대학은 성에 차지 않는다. 그래서 동부의, 장학금을 많이 주는 사립대학을 목표로 하고 있다.

"빌린 돈은 갚을게."

조이스는 차마 지나의 눈을 마주볼 수가 없었다.

지나가 조이스 쪽으로 걸어왔다.

"이건 돈 문제가 아니야."

"그럼, 왜 그렇게 열을 내는데? 내 돈이야. 난 내가 원하는 대로 돈 쓸 수 있어."

지나가 몸을 앞으로 기울였다.

"그렇지만 넌 네 이름도 모르는 어떤 바보한테 돈을 썼잖아."

"그래서? 난 그 애 눈을 봤어. 정말 멋진 눈이었어. 초록색하고 갈색이……."

"누구 눈이?"

앤디가 불쑥 끼어들었다.

조이스와 지나는 주춤 물러서며 양념통 몇 개를 엎고 말았다.

조이스는 얼굴을 찡그렸다.

"깜짝이야. 왜 엿듣고 난리야?"

"안 엿들었어."

앤디는 만두를 입 안으로 밀어 넣었다.

"넌 왜 네안데르탈인처럼 만두를 먹니?"

앤디는 대답 대신 입을 열어 안에 든 것을 보여주었다.

지나가 나섰다.

"조이스, 어깨 너머로 소금 좀 뿌려야겠다. 어느 쪽 어깨로 뿌리는 거지?"

"꺼져, 앤디!"

"엄마가 누나 도와주라고 했단 말이야."

지나가 어깨 너머로 소금을 뿌렸다.

"도움 필요 없어. 가서 농구하는 척이나 하셔. 그거 말고 너랑 네 난쟁이 친구들이 뭘 하겠냐?"

앤디가 가운뎃손가락을 치켜올렸다.

조이스가 그 손가락을 움켜잡자, 앤디가 몸을 비틀며 물러났다.

"가만두지 않겠어."

"입 닥쳐, 꼬맹이."

조이스는 앤디를 쫓아가는 척하다 말았다.

지나가 소금을 건넸다.

"자, 뿌려. 안 그럼 여름 내내 재수 없을 거야."

"못 쫓아오게 말이지? 지금 당장 할까?"

조이스는 그렇게 말하며 어깨 너머로 소금을 뿌렸다.

앤디가 사라진 주방 쪽을 살피며 지나가 말했다.

"쟤, 내년에 중학교 가는 거 맞아?"

조이스는 쟁반을 들고 다른 테이블로 가서 양념통을 내려놓았다.

"맞아."

지나가 킥킥 웃음을 터뜨렸다.

"그런데 아직도 프로농구선수가 되겠다고?"

조이스는 고개를 끄덕였다.

지나가 한 손을 허리께에 얹으며 말했다.

"너네 둘 다 참 대단하다. 누나란 사람은 아시아계 애들은 거들떠
보지도 않는 반쪽짜리 한국 애한테 50달러씩이나 쓰질 않나, 동생은
키가 난쟁이 똥자루만 해가지고 프로농구선수가 되고 싶다 하질 않
나……."

"야, 제발."

조이스는 참을 수 없다는 듯 말했다.

"넌 무슨 지혜의 여신이라도 되는 줄 아니? 기억나? 가슴 모아준
다는 브라 사느라고 가진 돈 다 썼던 거. 끈을 바짝 조여 등만 아팠
잖아."

지나가 부들부들 몸서리를 쳤다.

"그래, 알아. 하지만 다신 그럴 일 없을 거야."

그러고는 한 손을 들어올리며 말했다.

"딴 얘기 하자. 난 아직도 기가 막혀. 존 포드 강이 널 린으로 착각하다니! 린은 안경 쓰지 않아?"

"써. 게다가 이빨도 엉망이야. 걔 이빨 봤어? 삐뚤빼뚤, 앞에 보철 교정기가 있어서 우스꽝스런 토끼 같다니까. 난 걔가 왜 투명 교정기를 안 하는지 모르겠어."

"그럴 형편이 안 되나 보지 뭐."

지나의 목소리가 차분해졌다.

조이스는 재빨리 주제를 바꾸었다. 또다시 민감한 얘기에 봉착했다는 걸 알아챘기 때문이다.

"날 봐. 내 어디가 린 송하고 닮았냐?"

지나가 씩 웃었다. 가지런하지 않은 이를 입술로 조심스럽게 가리면서.

"너, 치장 좀 해보는 건 어때?"

지나의 뜬금없는 제안에 조이스는 얼굴을 찡그렸다.

"치장? 그게 뭐야? 무슨 얘길 하려는 거야?"

"그게, 그러니까……."

지나는 허공에 손을 내저으며 적당한 말을 찾으려 했다.

"근사해 보이게 말이야."

"근사해 보이게?"

조이스의 목구멍에 분노가 치밀어 올랐다. 지나 말이 맞다는 걸 알면서도 말이다.

"지금 내가 루저처럼 보인다는 거야? 그러니까 내가 못생겼다고?"

"아니! 내 말은 이번 여름을 우리 자신을 변신시키는 데 쓸 수 있다는 거지. 그러니까, 예를 들면, 성형이라든가, 그리고 새 옷. 넌 몸매 좋잖아. 늘 헐렁한 청바지랑 티셔츠로 가리지만 말이야. 졸업반 생활을 끝내주게 만들고 싶지 않아?"

"그래. 하지만 옷이랑 헤어스타일을 바꾼다고 파티에서 인기 짱이 될 것 같진 않아. 난 한여름의 신데렐라 꿈은 포기한 지 오래야."

조이스는 일부러 목소리를 낮추어 뿌루퉁하게 말했다.

지나가 킬킬 웃었다.

"기억나? 8학년(미국의 중3:옮긴이) 되기 전 여름에 파마했던 거. 정말 엉망이었잖아."

조이스도 따라 웃었다.

"그 꼬불꼬불 레게머리, 정말 끔찍했지. 넌 그 파마 풀려고 또 파마했잖아."

"야, 그건 내 생각 아니었어. 잠깐!"

지나가 목을 쑥 빼고 창밖을 내다보았다.

"너네 고모가 차를 막 댄 것 같은데……."

조이스는 몸을 휙 돌렸다.

"우리 고모? 이렇게 일찍 웬일이지?"

잘 어울리는 다이아몬드 무늬의 정장을 빼입은 나이 지긋한 여인이 메르세데스벤츠 자동차에서 막 내리고 있었다.

"식당 붐비기 전에 주문하고 싶으신가 보다."

지나가 말했다.

"엄마 아빠한테 말해야겠네."

조이스는 서둘러 주방으로 달려가 고개를 들이밀었다.

"고모 왔어!"

"뭐라고?"

엄마가 고개를 들며 말했다.

아빠는 뒤쪽 테이블에 앉아 식사를 하며 책을 읽고 있었다.

"요 앞에 막 차를 댔어."

아빠는 서둘러 책을 냅킨 아래 치워두고 자리에서 일어났다.

"이렇게 일찍 웬일이라니?"

엄마는 허둥지둥 머릿수건을 벗고 머리카락을 매만졌다.

조이스가 식당 앞쪽으로 다시 가려고 몸을 돌리는데, 앤디가 계산대 뒤에 웅크리고 있는 게 눈에 들어왔다.

"앤디! 이 스파이 같은 녀석!"

그러자 앤디가 속삭였다.

"마이클 떴어!"

조이스는 억지 미소를 지었다. 앤디와 조이스는 고모를 암호명으로 부른다. 알아볼 수 없을 정도로 외모를 싹 바꿔버린 가수 마이클 잭슨의 이름으로 말이다.

5장
인조인간 고모

"안녕!"

고모가 식당 유리문을 밀고 들어오며 한국말로 인사했다.

"안녕하세요, 고모."

조이스는 앞으로 나아가 고모에게 깊이 허리 숙이며 한국말로 인사했다.

"하이, 고모."

지나도 손을 흔들며 말했다.

고모는 지나의 스스럼없는 영어식 인사에 얼굴을 찌푸렸다.

"조이스야, 가서 엄마 아빠 좀 오라고 해라."

고모는 테이블로 걸어가서 의자 방석을 조심스레 쓸어내리고 자리에 앉았다. 고모는 절대 주방에 들어가지 않는다. 손님처럼 대접받는 걸 좋아한다. 거의 매일 우리 식당에서 밥을 먹지만 절대 돈을 내지 않는 손님. 두껍게 화장한 고모의 얼굴은 말할 때에도 거의 움직임이 없다.

"모두에게 대단한 소식이 있다!"

조이스가 주방으로 달려가려는데, 엄마 아빠가 벌써 주방에서 나오고 있었다. 지나 엄마도 뒤에 바짝 붙어 있었다. 엄마는 깊이 허리 숙여 인사하고 머리를 뒤로 빗어 넘겼다. 립스틱이 반짝반짝 빛나고 앞치마는 사라졌다.

"안녕하세요, 형님."

엄마가 말했다.

"안녕하세요."

지나 엄마도 똑같이 인사했다.

엄마는 고모가 앉아 있는 테이블로 서둘러 달려갔다.

"무슨 일 있으세요? 오늘은 일찍 오셨네요."

고모가 엄마에게 바짝 다가가 엄마 얼굴을 자세히 살펴보았다.

"헬렌 엄마, 피곤해 보이네. 자네, 내가 준 크림 발랐어?"

엄마는 어색하게 웃으며 고개를 끄덕였다.

아빠가 고모에게 다가가 고모의 손을 토닥였다.

"누나, 오늘은 뭐 먹을래요? 고등어 물 좋아. 오늘 들어왔어. 구워 줄까?"

고모는 고개를 저으며 아빠보고 앉으라고 손짓했다. 고모는 조심스레 손으로 눈썹을 쓱 어루만지고 흐트러진 머리칼을 매만졌다. 그러고는 몸을 살짝 앞으로 내밀었다.

"대단한 소식이 있다!"

모두들 몸을 앞으로 기울이며 고모의 말을 기다렸다. 고모는 청중을 꼼꼼히 살펴보았다.

"헬렌은 어디 있냐?"

"학교 갔어요."

엄마의 설명에 고모의 어깨가 실망스러움으로 살짝 내려갔다. 헬렌은 우리 식구 중에서 고모가 제일 좋아하는 사람이다.

"내가 전화하지."

고모는 혼잣말을 하더니 한 번 더 머리를 뒤쪽으로 매만졌다.

"소식이 뭔데요?"

앤디가 더 이상 참지 못하고 소리치며 앞으로 나섰다.

고모는 손을 들어 앤디를 제지했다.

"내가……"

고모는 천천히 입을 열었다.

"내가 말이다."

고모는 잠깐 말을 끊고 모두 자신을 바라보고 있는지 확인했다.

"내가 복권에 당첨됐다."

모두가 환호성을 질러댔다. 앤디와 조이스는 껑충껑충 뛰었다. 엄마와 아빠는 의자에서 벌떡 일어섰다. 지나 엄마는 손뼉을 치며 눈물을 터뜨렸다. 조이스는 지나를 부둥켜안았다가 함께 소리치며 식당을 마구 뛰어다녔다.

엄마가 말했다.

"쉿! 조용히 해라. 그래야 얘기를 듣지."

조이스와 지나는 헉헉거리며 고모가 앉은 테이블로 돌아왔다.

고모는 테이블 위에 복권을 폈다. 다른 사람이 가까이 오지 못하게 팔로 감싼 채였다.

"이걸 은행에 갖다줘야 해. 하지만 먼저 이 대단한 소식을 식구들에게 얘기해야 할 것 같았다."

고모의 얼굴이 가까스로 미소로 바뀌었다.

앤디가 조이스 옆구리를 팔꿈치로 툭 치며 고모의 로봇 같은 미소를 지어 보였다. 젊어 보이려고 맞은 보톡스 주사 때문에 안면근육이 거의 마비된 고모의 얼굴에 대해 알지 못한다면 도저히 미소라고 부를 수도 없는 그런 미소 말이다.

고모가 복권을 가리켰다.

"내가 이 숫자 하나를 빼먹었지. 그래도 다른 건 전부 다 맞아."

"뭐라고요?"

앤디가 앞으로 나섰다.

"숫자를 다 맞힌 게 아니라고요?"

그러고는 심각한 표정으로 복권을 뚫어져라 들여다보았다.

그런 앤디의 모습을 보고 지나가 쿡 웃음을 터뜨렸다.

앤디는 얼굴을 일그러뜨린 채 고모를 바라보았다.

"복권에 당첨됐다면서요?"

고모는 테이블에서 복권을 당겨 지갑 속으로 밀어 넣었다.

"세븐일레븐 편의점 사내가 그랬다. 내가 큰돈을 땄다고."

"백만 달러 아니잖아요! 그럼 당첨된 게 아니죠."

앤디가 으르렁거리듯 말했다.

앤디의 어깨를 잡아 주방 쪽으로 밀며 엄마가 말했다.

"가서 고모한테 물 좀 갖다드려라."

그러고는 다시 고모에게 고개를 돌렸다.

"진짜 대단한 소식이네요, 형님! 애들 아빠랑 같이 은행에 가시게
요?"

고모는 고개를 저었다.

"나 혼자 갈 수 있네. 난 그냥 우리 식구들이 좋아할 것 같아서 들
른 것뿐이야."

엄마가 재빨리 대꾸했다.

"정말 좋아요, 형님! 앤디는 웃기려고 저러는 거예요. 아시죠?"

고모의 눈썹이 아주 조금 움직였다. 지나가 하도 크게 콧방귀를
뀌어서 조이스는 팔꿈치로 지나를 툭 쳤다.

고모가 자리에서 일어났다.

"행운을 가족과 함께 나누고 싶었다. 가장 소중한 이들에게 감사
와 영광을 돌려야 하는 법이지."

고모는 훈계를 하며 식당 안을 둘러보았다. 고모의 시선이 조이스
에게 이르자, 조이스는 잽싸게 얼굴 가득 환한 미소를 지어 보였다.

"다음 월요일 저녁, 축하 파티를 할 거다. 너희들 모두에게 아주
특별한 선물을 주려고 한다."

고모는 손가락을 올려 강조하듯 흔들었다.

"아주 특별한 선물."

모두가 식당 밖에 나가 손을 흔드는 가운데, 고모의 메르세데스벤츠가 주차장을 빠져나가 거리로 향했다. 차가 완전히 모습을 감춘 뒤에야 엄마는 손을 내렸다. 모두들 다시 식당으로 들어갔다.

엄마가 말했다.

"썩 괜찮은 기분전환이었네."

앤디가 큰 소리로 투덜거렸다.

"복권 당첨됐다며? 완전 뻥이잖아."

아빠가 주먹으로 앤디에게 꿀밤을 먹었다.

"아야!"

앤디가 비명을 지르며 머리를 감싸쥐었다.

지나와 조이스는 테이블 위 양념통을 정리하러 돌아갔다.

지나가 말했다.

"너희 고모, 아마 만 달러 정도 당첨된 것 같아."

조이스는 간장통을 비틀어 열며 말했다.

"그래. 근데 우습다. 만 달러도 엄청 큰돈인데, 백만 달러에 비하면 아무것도 아닌 것처럼 들리니 말이야."

지나가 한쪽 눈을 치켜올렸다.

"너, 백만 달러를 받을 거라고 생각했어?"

복권에 당첨되었다는 말에 처음 떠올렸던 생각을 기억하자 조이스의 목이 점점 붉어졌다. 조이스는 얌전히 간장을 부었다.

"음, 아니. 하지만 고모가 우리 식구한테 돈 좀 줄 거라는 생각은 했지."

조이스는 어색하게 웃었다.

"그나저나 고모가 우리 식구들한테 뭘 줄까? 아주 특별한 선물이라고 했잖아."

지나가 양념통을 내려놓더니 조심스럽게 말했다.

"혹시 아니? 너 성형수술 시켜줄지."

조이스는 이번에는 진짜로 웃었다.

"고모 얼굴이 더 엉망이 됐더라."

지나가 물었다.

"수술을 몇 번이나 했는데?"

"여덟 번."

앤디가 계산대 뒤에서 툭 튀어나오며 답했다.

"코 잘못된 거 고치느라 재수술 받았던 거 빼고……."

조이스가 갑자기 날카롭게 외쳤다.

"그거 기억나? 다스 베이더(SF영화 〈스타워즈〉에 나오는 악당:옮긴이) 목소리처럼 들렸잖아. 기도(氣道) 고칠 때까지 말이야."

앤디가 계산대에서 걸어 나오며 다스 베이더처럼 숨을 쉬었다.

"헤-헥, 모-옵-쓰-쓸 의-사-노-놈-으-을 고-오-소-하-할 거-꺼-야, 헥, 헥!"

지나가 웃으며 조이스에게 물었다.

"성형수술 받기 전에 고모가 어떻게 생겼었는지 기억이나 나?"

"어딘가 사진이 있을 거야. 미국 오기 전에 찍은 거."

앤디가 껑충 뛰어올라 농구 골대에 슛을 하듯 팔을 허공에 올렸다
재빨리 내리며 말했다.

"조이스 누나랑 닮았어."

"아니야!"

조이스는 몸을 휙 돌려 앤디를 째려보았다.

앤디는 방긋 웃었다.

"엄마 아빠가 그렇게 말했어."

"입 다물어!"

앤디는 주방을 향해 성큼성큼 걸어갔다.

"쳇, 누나도 예뻐지고 싶으면 마이클 고모처럼 성형을 하든가."

조이스가 양념통을 날리려 하자, 앤디는 쏜살같이 주방으로 몸을
숨겼다.

6장
내 꿈은 뭐지?

한창 바빠지려 할 저녁 무렵, 헬렌이 뒷문을 통해 주방으로 헐레벌떡 뛰어들어왔다. 트로피컬 컬러(열대 지방의 색이라는 뜻으로, 남국을 연상케 하는 밝고 쾌활한 색의 총칭:옮긴이)의 책가방이 헬렌의 팔뚝에 걸려 있었다. 조이스는 5번 테이블에 갖다줄 불고기를 기다리며, 언니가 한 달 전 고모한테 선물받은 화려한 가방과 씨름하는 모습을 바라보았다. 참 존경받을 만한 언니다. 나라면 옷장 뒤에 처박아둘 그런 가방을 들고 다니다니!

"늦어서 미안."

헬렌이 헐떡거리며 말했다. 그러고는 가방을 창고에 던져두고 옷걸이에서 울긋불긋한 앞치마를 움켜잡았다.

헬렌은 허겁지겁 뛰어들어와 끔찍한 색깔의 앞치마를 대충 걸쳤는데도, 신기하게도 아시아계 화장품 광고에서 막 나온 것처럼 보였다. 피부에는 잡티 하나 없고 뺨은 자연스럽게 발그레했다. 연갈색의 큰 눈동자와 흑갈색 머리칼은 갸름한 달걀형 얼굴을 돋보이게 했다. 이따금 헬렌이 뭔가에 집중할 때, 조이스는 헬렌을 물끄러미 바라보며 세상이 왜 이렇게 불공평한지 저주하고 있는 자신을 깨달았다. 헬렌과 조이스는 분명 닮았지만, 헬렌이 모든 면에서 단연 나았다. 조이스가 표준이라면 헬렌은 디럭스 판이다. 업그레이드 버전이다. 헬렌의 이목구비는 오목조목 균형이 잘 잡혀 있다. 눈은 더 크고, 장미꽃잎 같은 입술은 더 도톰하고, 피부도 더 맑다. 두 사람의 몸매 역시 비슷하게 말랐지만, 헬렌은 더 큰 가슴과 긴 다리, 날씬한 종아리를 물려받았다. 게다가 머리까지 똑똑하니, 조이스로서는 절망적일 수밖에 없었다.

엄마는 양념한 소고기를 접시 위에 올려놓고 파슬리와 파를 곁들였다. 조이스에게 접시를 건네려는 순간, 헬렌이 들어와 접시를 잡았다.

"내가 할게, 조이스. 몇 번 테이블이야?"

조이스는 헬렌한테서 접시를 다시 빼앗았다.

"내 주문이야. 저리 가."

헬렌이 얼굴을 찡그렸다.

"너 쉽게 하려고 그랬지. 내가 지각했으니까."

엄마가 둘 사이에 끼어들었다.

"조이스, 네가 가져가라. 헬렌, 넌 밥부터 먹고 일 시작해. 점심은 먹었어? 도대체 어떤 연구팀이기에 여름방학에도 저녁시간까지 붙

잡아두는 거니?"

엄마는 헬렌을 구석자리 테이블로 이끌고는 국그릇을 가져왔다.

"괜찮아, 엄마. 오늘은 조센 교수님한테 배울 게 많아서 특별히 회의가 늦어진 거야. 여름 내내 이러진 않을 거야."

헬렌이 앉으며 말했다.

엄마는 헬렌 옆에 앉았다.

"힘들게 일을 시키니 돈은 주겠지?"

엄마의 물음에 헬렌이 한숨을 쉬었다.

"아니. 이건 인턴십이야. 조센 교수님은 연구 프로젝트를 도와줄 사람을 학교 전체에서 열 명만 뽑았어. 교수님과 연구를 하게 됐으니 오히려 내가 영광이지. 2학년은 나밖에 없고, 나머지는 전부 4학년하고 대학원생이야."

조이스는 살금살금 주방을 빠져나와 식당으로 향했다. 인턴십이라고? 조이스는 속으로 투덜거렸다.

"그래도 너무 열심히 한다. 좀 쉬어가며 해."

엄마가 걱정스레 말했다.

"마음은 늘 바빠."

"수연이 소식은 들었어?"

엄마가 자그맣게 물었지만, 헬렌은 대답하지 않았다.

"고모가 오늘 가게로 대단한 소식을 들고 왔더라."

엄마가 주제를 바꾸었다.

조이스는 걸음을 재촉해 식당으로 걸어 나갔다.

그날 저녁은 특히 붐볐다. 방학하는 날은 외식하는 날이라 졸업생 가족들이 식당 안을 꽉 메웠다. 입구를 막으면서까지 말이다. 헬렌과 조이스는 테이블들을 돌아다니며 주문을 받았다. 계산대에서 일하는 아빠도 헬렌과 조이스가 엄청 바쁠 때는 테이블로 음식을 날랐다. 앤디는 접시닦이 후안 카를로스 옆에 서서 설거지 그릇들을 넘겼다.

단골손님 김 여사가 식구들과 조카들을 데리고 와 있었다. 김 여사가 부르며 손을 흔들었다.

"조이스."

조이스는 고개를 끄덕여 인사하고 젊은 대학생 한 쌍의 주문을 마저 받고는 김 여사에게 걸어갔다.

"안녕하세요, 아줌마. 지금 주문받을까요?"

김 여사는 방긋 웃으며 빈 소주잔을 흔들어 보였다.

"가서 네 예쁜 언니 좀 오라고 해줄래?"

김 여사는 조카들을 돌아보았다.

"얘 언니, 헬렌은 다음번 미스코리아가 될 거야. 얼마나 똑똑하고 예쁘고 착한지 몰라. 너희 둘도 보고 본받아야 해."

조이스는 주방으로 걸어갔다. 헬렌은 지나 엄마를 도와 테이블에 놓을 반찬 세트를 준비하고 있었다.

"김 여사가 언니 좀 보재."

헬렌이 고개를 들었다.

"그 아줌마는 네가 맡은 테이블에 앉아 있잖아?"

"누가 뭐래? 언니보고 하라잖아."

헬렌은 한숨을 쉬고는 작은 반찬그릇을 마저 쟁반에 담았다.

"그럼 이것 좀 10번 테이블에 갖다줄래?"

조이스는 쟁반을 받아들었다.

"알았어."

긴 밤이 끝날 즈음, 모두가 기진맥진했다. 아빠는 가게 앞문을 잠그고 주방으로 가서 엄마와 지나 엄마를 도와주었다. 헬렌이 식당 바닥을 청소기로 청소하는 사이, 조이스는 테이블을 행주로 닦았다. 앤디는 손님 의자에서 잠이 들었다.

청소기 코드를 뽑고 줄을 둘둘 감은 뒤 조이스를 보며 헬렌이 말했다.

"하루 종일 나한테 삐쳐 있을 거야?"

조이스는 행주질을 멈추고 물었다.

"어떻게 오늘 아침, 나를 버리고 갈 수가 있어?"

헬렌은 한숨을 쉬었다.

"세 번이나 불렀어. 그러고도 기다리고 또 기다렸다구!"

"난 욕실에 있었어."

"그래, 한 시간도 넘게!"

조이스는 테이블을 마저 닦고 멀리 떨어진 테이블로 움직였다.

헬렌은 조이스에게 다가왔다.

"미안해. 하지만 가야 했어. 안 그럼 앤디가 지각하고, 나도 모임에 늦었을 거야."

조이스는 분노가 치밀어 올랐다.

"언니는 날 내팽개쳤어! 오늘 난 언니 때문에 학년앨범하고 책가방 챙기는 걸 까먹었어. 헐레벌떡 집을 나서느라고 말이야."

헬렌은 삐딱하게 서서 팔짱을 꼈다.

"있잖아, 조이스. 나한테 화낼 필요 없어. 네 실수에 대한 책임은 너 스스로 지는 거야."

조이스는 헬렌의 얼굴에 대고 손가락을 휘둘렀다.

"나한테 심리학 용어로 어쩌고저쩌고 지껄일 생각 마."

"어린애처럼 굴지 마. 말할 때마다 너는 어떻게 더 어려지니?"

"지금 장난해?"

식당 정리를 마치고 집으로 가는 내내, 조이스는 헬렌에게 한 마디도 하지 않았다.

아파트 앞 주차장에 차를 댄 뒤, 헬렌이 몸을 돌려 조이스의 얼굴을 바라보며 말했다.

"정말 미안해. 나, 요즘 정말 엉망이야. 알아, 언제나 내 맘대로 한다고 네가 생각하는 거. 하지만 그렇지 않아. 난 이번 인턴십이 절실히 필요하단 말이야."

조이스는 팔짱을 낀 채 외면했다.

"잠깐 얘기 좀 하자."

하지만 조이스는 손을 들어 손가락을 쫙 폈다. 헬렌 코앞에 대고.

헬렌은 입을 앙 다문 채 몸을 돌려 차문을 열고 밖으로 나섰다. 조이스는 앤디를 살살 흔들어 깨웠다. 세 사람은 마당을 가로질러 아파트 2층으로 이어진 바깥 계단을 향해 걸어갔다.

아파트 오른쪽 작은 창문에서 흐릿한 붉은빛이 흘러나오고 있었다. 그걸 보고 헬렌이 말했다.

"누가 방에 빨간 불을 켜둘까? 이상하네."

조이스도 그 불빛을 바라보았다. 샘이 늦게까지 사진 작업을 하는 모양이다. 이 아파트에 사는 사람들은 모두 다 알고 있다. 샘이 자기 집 욕실의 임시 작업실에서 사진을 현상한다는 걸. 샘은 조이스처럼 이제 고3이 되지만 오렌지데일 고등학교에 다니지는 않는다. 사진 전공으로 예술전문대학에 가는 게 목표라서 오렌지데일 같은 학교를 다닐 필요가 없는 거다.

조이스는 헬렌과 앤디 뒤를 따라 계단을 오르기 시작했다. 모두, 저마다 목표를 갖고 있었다. 꿈. 재능. 헬렌은 심리학 과목 하나를 듣고, 1년 만에 벌써 연구팀에 뽑혔다. 지나는 항상 자기가 마음 두는 곳에 100퍼센트의 노력을 기울인다. 이미 찜해둔 동부 사립대학에 가려는 것만 해도 그렇다. 그리고 앤디조차 프로농구선수가 되기 위해 최선을 다해 연습한다. 하지만 조이스는 자기가 뭘 진정으로 바라는지 알 수 없었다. 존 포드 강과 얘기하는 거 말고(그건 거의 재앙에 가까웠다).

내 꿈과 목표는 뭐지?

7장
고모의 선물 쇼

"앤디, 게임 그만하고 옷 입어."

엄마가 소리쳤다. 헬렌과 함께 쓰는 방 밖으로 조이스가 머리를 삐죽 내미니, 엄마가 속옷 차림으로 욕실에서 달려 나와 복도를 지나가는 게 보였다. 엄마가 외출할 때면 늘 하는 까치머리에 헤어스프레이를 뿌렸다는 걸, 조이스는 뒤에서도 알 수 있었다. 월요일은 식당이 문을 닫는 날이다. 게다가 지금은 여름방학이기에 월요일이 주말보다 낫다.

아빠가 새로 산 파란색 양복에 새로 산 까만색 구두를 신고 욕실에서 나왔다. 고모가 아침 일찍 아빠한테 갖다준 것들이었다.

"멋진데, 아빠."

조이스가 복도로 나와 칭찬해주자, 아빠는 빙긋 웃으며 양복 깃을 들어올렸다.

“고모가 이번엔 제대로 골랐구나.”

조이스는 빙그레 웃었다. 고모가 어떤 선물을 가져올지는 아무도 모른다. 고모가 사 들고 오는 것들은 대부분 세일 상품이어서, 사이즈가 맞지 않거나 아니면 색깔이 형편없는 경우가 많다.

아빠가 조이스를 지나쳐 앤디 방으로 걸어갈 때, 조이스는 아빠한테서 옷 말고 뭔가 여느 때와는 다른 느낌을 받았지만, 그게 뭔지 콕 찍어낼 수는 없었다.

적갈색 원피스에 검정색 굽 낮은 구두를 신은 엄마가 종종걸음으로 조이스에게 다가왔다.

“조이스, 언니는 어디 있니?”

“밖에서 기다리고 있어.”

조이스는 무릎길이의 검정색 치마를 손으로 쓰다듬으며, 지난달 엄마랑 같이 고른 이 옷을 엄마가 과연 알아차릴까 궁금했다.

“가서 언니랑 기다려.”

엄마는 앤디 방으로 달려갔다. 앤디가 여전히 비디오게임을 하며 꾸물거리고 있었기 때문이다.

조이스는 거실로 가서 현관문 옆 창문으로 밖을 내다보았다. 헬렌이 두 손을 모은 채 하늘을 쳐다보며 콘크리트 계단에 앉아 있었다. 헬렌은 요즘 자주 저런다. 혼자 있고 싶을 때면 계단으로 탈출한다. 조이스는 헬렌이 왜 굳이 집에서 사는지 궁금했다. 헬렌이 기숙사로 들어가면 둘 다 훨씬 편해질 텐데. 하지만 그렇게 되면 돈이 더 많이 들겠지.

헬렌이 손으로 눈가를 꼭 누르는 게 보였다. 울기라도 하는 것처럼…….

무심코 조이스가 창문을 톡톡 두드리자 헬렌이 돌아보았다.

조이스는 창문에 코와 입술을 대고 둘 다 잘 아는 다람쥐 같은 얼굴로 뺨을 부풀려 보였다. 부모님이 오랜 시간 일하는 동안 헬렌이 어린 조이스와 앤디를 돌봐줘야 했을 때, 울음을 그치게 하거나 웃음을 자아내기 위해 자주 지어 보였던 바로 그 표정.

헬렌이 고개를 흔들어대며 웃음을 지었다.

"늦었다, 서둘러."

엄마가 조이스 뒤에서 재촉했다. 아빠와 앤디가 뒤에 바짝 따라왔다. 앤디의 눈은 여전히 손에 든 비디오게임기에 푹 빠져 있었다.

"다 됐냐?"

식구들이 모두 모이자, 아빠가 현관문 손잡이를 잡았다.

"됐어요."

엄마가 어깨 위로 핸드백을 들어올리며 답했다.

차가 로스앤젤레스에 있는 코리아타운 근처에 가까워지자, 표지판이 서서히 영어에서 한글로 바뀌다가 마침내 미국에 있는 건지 한국에 있는 건지 구분하기 어려울 지경이 되었다. 주위의 모든 것, 표지판, 사람들, 건물들이 또 다른 문화처럼 보였다.

헬렌이 미용실을 가리켰다.

"기억나? 저기서 귀 뚫었잖아?"

조이스는 씩 웃었다.

"그래, 언니가 나보고 먼저 하라고 했지. 너무 겁을 먹어서."

"넌 언제나 나보다 용감했어."

조이스는 얼굴을 찡그려 보이며 말했다.

"그 쓰디쓴 경험 덕분에, 앞으로 다시는 날 아프게 하는 짓을 안 하겠다고 맹세했지. 내가 문신할까 봐 엄마 아빠가 걱정할 일은 없을 거야. 절대."

헬렌이 킥킥 웃음을 터뜨렸다.

"나중에 딴 소리 하기 없기다! 다 내 덕분이야."

아빠가 쇼핑센터로 방향을 틀었다. 고모가 큼지막한 쇼핑백을 들고 요란하게 장식된 건물 앞에 서 있는 게 보였다. 그 건물은 한국식 전통 건축물을 완벽하게 옮겨다놓았다. 날렵한 지붕 선에서 육중한 나무문까지.

엄마가 재빨리 거울을 보며 얼굴 화장을 확인했다.

"고모를 너무 오래 기다리게 한 건 아닌지 모르겠네."

아빠가 주차장으로 차를 대며 말했다.

"여보, 걱정 마. 오늘 저녁엔 파티 하는 거잖아."

"왜 늘 한국식당에서 파티 해? 우린 매일 한국음식만 먹잖아!"

앤디가 하얀 셔츠 깃을 잡아당기며 말했다.

엄마는 앤디를 바라보며 엄한 표정을 지었다.

"앤디! 고모 앞에선 절대 그렇게 말하지 마라."

"알았어."

앤디는 고개를 푹 늘어뜨렸다.

모두 차에서 내려 고모에게 걸어갔다. 고모는 정신없이 손을 흔들었다. 마치 몹시 그리워하던 사람들을 만나기라도 한 것처럼.

"누난 돈 얼마 걸래? 저 쇼핑백에 우리한테 주려고 산 못난이 세일 옷이 왕창 들어 있다는 데."

앤디가 조이스에게 소곤거렸다.

"그럴 리 없어. 아빠 옷 입은 거 못 봤어? 고모는 복권 당첨돼서 돈 많아."

"형님! 오래 기다리셨어요?"

엄마가 고모를 부르며 앞으로 달려갔다.

앤디가 다시 소곤거렸다.

"마이클은 어쩔 수 없다니까."

그때 헬렌이 끼어들었다.

"됐어. 둘 다 그만해."

"네, 엄마."

조이스는 씩 미소를 지었다.

조이스와 앤디는 허리 굽혀 인사하고 차례대로 고모를 안았다. 고모는 꼼짝 않고 서서 바닥 깔개에서 먼지를 털어내듯 조카들의 등을 툭툭 두드렸다. 하지만 헬렌의 차례가 되자, 고모는 몸을 기울여 헬렌의 얼굴을 손으로 감싸쥐고는 뺨에 입을 맞추었다.

"기분은 좀 나아졌니?"

헬렌은 고개를 끄덕이며 억지로 웃어 보였다.

아빠가 큰 소리로 목을 가다듬고 레스토랑의 육중한 나무문을 당겨 열었다.

고모는 아빠를 못 본 체하고 계속 헬렌의 얼굴을 쥔 채로 말했다.

"그래, 앞으로 훨씬 좋은 친구를 아주 많이, 많이 사귀게 될 거다. 그깟 애 때문에 속 끓일 필요 없어."

"네, 고모."

아빠가 헛기침을 하며 하얀 새 셔츠 깃을 매만졌다. 그러자 엄마가 잠자코 있으라며 팔꿈치로 아빠를 쿡 찔렀다.

"들어가자."

고모는 어두침침한 레스토랑 안으로 걸음을 옮겼다.

모두 자리에 앉아 음식을 주문한 뒤, 고모는 젓가락으로 찻잔을 땡땡 두드렸다.

"발표할 게 있다."

고모는 한 사람, 한 사람의 얼굴을 돌아가며 살폈다. 그 얼굴이 어찌나 근엄한지 장식용으로 벽에 걸어놓은 한국탈과 퍽 닮아 보였다. 자기 외모에 그렇게나 신경 쓰는 사람이 어떻게 제대로 된 화장법을 배우지 못했는지, 조이스는 이해가 안 됐다.

고모가 입을 열었다.

"난 나이를 많이 먹었다. 너희들은 내 유일한 가족이고."

모두가 고개를 끄덕였다. 고모는 남편을 먼저 떠나보냈는데, 두 사람 사이에는 자식이 없었다.

"게다가 엉클 조가 내려다보고 있으니, 내 느낌에 앞으로 살날이 몇 년 안 남은 것 같다."

"아니, 무슨 그런 말씀을 하세요, 형님. 형님은 아직 정정하시잖아요."

엄마가 큰 소리로 외쳤다.

앤디가 테이블 아래로 조이스를 툭 찼다. 엉클 조는 고모의 세 번째 미국인 남편이자 세 번째 조다. 고모의 남편들 이름이 진짜 모조리 조였는지, 아니면 고모가 그 사람들을 그냥 조라고 부르는 건지, 확실히 아는 사람은 아무도 없다. 고모는 샌프란시스코에서 세 번째 엉클 조와 함께 살았는데, 그는 수수께끼 같은 인물이었다. 조이스 가족은 엉클 조를 죽기 전에 휴가 때 몇 번 만났을 뿐이고, 그 뒤 고모는 로스앤젤레스로 내려왔다. 앤디는 엉클 조가 실물 크기의 지아이조(G. I. Joe. 미군 남자 병사의 속칭: 옮긴이) 인형이라고 농담하곤 했다. 왜냐하면 만날 때마다 군복 차림으로 축구경기를 보고 있었기 때문이다.

"난 예전 같지가 않아. 그래도 아직 하고 싶은 게 몇 가지 있다. 엉클 조한테 갈 시간이 되기 전에 말이야. 너희들 각자의 소원을 들어주고 싶다. 너희들이 좀 잘살았으면 좋겠어."

우리가 더 잘살았으면 좋겠다고? 조이스는 냅킨을 만지작거리며 존 포드 강이 파도 타는 걸 공상하다 말고 고개를 들어올렸다. 아빠와 엄마도 서로를 흘끔 보았다. 헬렌은 레스토랑 내부를 멍하니 바라보고 있고, 앤디는 한쪽 다리를 떨고 있었다.

조이스는 숨을 멈추었다. 고모가 백만 달러를 주려는 모양이다!

고모는 손을 내려 쇼핑백 하나를 들어올렸다.

"아빠는 이미 선물을 받았고, 앤디랑 헬렌한테는 오늘 저녁 선물을 주고 싶다."

앤디가 자리에서 벌떡 일어섰다.

고모는 엄마에게 쇼핑백을 넘기며 헬렌에게 주라고 손짓했다. 엄마는 쇼핑백을 헬렌에게 건넸다.

"감사합니다, 고모."

헬렌은 쇼핑백을 받아들기 전에 고개 숙여 인사했다. 그러고는 쇼핑백에서 커다란 포장 상자를 꺼내어 조심스레 뚜껑을 열었다. 예쁘게 수놓인 하얀색 비단 한복이 들어 있었다.

엄마가 깜짝 놀라 입에 손을 갖다댔다.

"형님, 헬렌 한복 사는 데 이렇게 많은 돈을 쓰시면 어째요?"

헬렌은 일어서서 몸 앞에 한복을 대보았다. 한복은 진짜 놀랄 만큼 아름다웠다. 장밋빛 꽃이 소매와 한복단 전체에 촘촘히 수놓아져 있었다. 조이스의 손이 자기도 모르게 한복 천으로 올라갔다. 손끝이 닿자 매끄러운 비단이 부드러운 빛을 뿜으며 은은하게 빛났다.

엄마 아빠가 잘 볼 수 있도록 헬렌이 한복을 들고 서 있는데, 조이스는 뭔가 좀 이상하다는 걸 눈치 챘다. 헬렌의 입술이 불안정하고, 눈동자는 괴로운 듯 살짝 흔들리고 있었다. 저리도 예쁜 한복을 선물 받고 어떻게 좋아하지 않을 수 있는지, 조이스는 이해가 안 됐다.

고모가 상자를 가리켰다.

"그 파일 꺼내라!"

엄마가 손을 내밀어 검은색 파일을 꺼냈다. 헬렌은 조심조심 한복을 개어 상자에 다시 넣었다. 그러고는 엄마한테 파일을 받아 자리에 앉았다.

고모가 말했다.

"내가 돈을 냈으니, 넌 한 여사를 만나기만 하면 돼. 한 여사가 다 알아서 할 거야."

헬렌은 조심스럽게 파일을 열어 한 장, 한 장 넘겨보았다. 한국 남자들이 등받이 높은 의자에 앉아 있는 사진 아래로 이력서와 소개문이 짧게 적혀 있었다. 조이스는 몸을 기울여 바짝 들여다보았다. 어떤 남자들은 꽤 귀여웠다!

고등학교 시절 헬렌은 데이트 따윈 신경 끄고 엄마 아빠가 바라는 공부에만 집중했다. 학교에서는 친한 동성 친구들과 어울리고, 식당에 와서는 주로 수연과 얘기를 나누었다. 수연이 떠났을 때 헬렌은 며칠 동안 눈물을 흘렸다. 조이스는 헬렌이 불쌍했지만, 어떻게 위로해줘야 할지 몰랐다. 조이스는 지나가 다른 대학에 가는 걸 생각만 해도 힘들었다. 조이스는 상상조차 할 수 없었다. 가장 친한 친구와 다시는 얘기를 나눌 수 없다면 과연 기분이 어떨지.

고모가 말했다.

"이제 너도 나이가 찼으니, 적당한 남자를 만날 때가 됐어."

엄마의 입가에 핏기가 사라졌다. 헬렌은 엄마 아빠 말이라면 뭐든 잘 듣는 착한 딸이다. 그런데 고모가 이렇게 끼어들면 엄마 아빠는 헬렌의 연애사업에 선택권이 없어지게 되는 것이다.

헬렌은 파일을 덮고 차분하게 말했다.

"고마워요, 고모."

조이스는 엄마 아빠가 서로 주고받는 표정을 놓치지 않았다. 조이스는 궁금했다. 엄마 아빠는 아직도 헬렌의 공부가 다른 무엇보다 우선이라고 생각하고 있는지. 헬렌은 의과대학 진학을 목표로 하고 있었다.

고모는 몸을 기울여 다음 쇼핑백을 꺼냈다.

"이건 앤디 거다."

앤디가 펄쩍 뛰어오르며 다가가 쇼핑백을 받았다. 고모 뺨에 입을 맞추기까지 했다.

"감사합니다, 고모."

그러고는 쇼핑백을 가지고 자기 자리로 냉큼 돌아왔다.

이번엔 뭐가 들었을지 조이스는 궁금해졌다.

"쇼핑백에 뭐 들었어?"

앤디는 쇼핑백에 손을 넣어 커다란 플라스틱 통을 꺼냈다. 수백 개의 작은 노란색 알약이 가득 들어찼는데, 식물성 기름 덩어리처럼 보였다.

"키 크는 약이야!"

앤디가 플라스틱 통을 흔들자 덜그럭덜그럭 소리가 났다.

"뭐라고?"

조이스가 묻자, 고모가 대신 입을 열었다.

"상어 간 추출물에 키 크게 해주는 한약재 뿌리를 섞은 거다. 귀한 거야."

조이스는 앤디에게 조그맣게 속삭였다.

"너, 그거 정말 먹을 거야?"

"내가 사달라고 했어, 누나. 안 그러면 어떻게 NBA(미국프로농구: 옮긴이)에 가겠어?"

앤디는 그 약병을 간절한 눈빛으로 바라보았다.

"이 약 먹고 탐 고는 작년에 10센티도 넘게 컸어."

고모가 다시 찻잔을 땡땡 쳤다. 그러고는 엄마에게 말했다.

"자네 선물은 내일 데리고 가서 해주겠네."

"형님, 저한테까지 그러실 필요 없어요."

"이 일은 자네 인생을 바꿔줄 거야."

'이 일' 이라는 말에 엄마가 눈을 깜박였다.

"무슨 말씀이세요, 형님? 무슨 일인데요?"

고모는 자기 눈썹으로 검지를 들어올리더니, 눈썹을 따라 살짝 손가락 끝을 움직였다.

"문신. 내 문신을 해준 사람한테 데리고 갈 거야. 그 여자, 참 잘해. 눈썹하고 아이라이너 문신을 하고 나면 식당에서 그리 피곤해 보이지 않을 걸세."

엄마는 찻잔을 들어 두 모금에 걸쳐 꿀꺽 다 마셨다.

"형님, 저한테 너무 값비싼 선물이에요. 돈을 아끼셔야죠. 저는 그다지……."

고모가 엄마를 향해 손을 마구 내젓는 바람에 결국 엄마는 입을 다물었다.

"내일 두 시에 데리러 감세. 돌아올 때까지 지나 엄마 혼자 주방 일 할 수 있지?"

"그게…… 네, 그럴게요."

고모는 찻잔을 천천히 입술로 옮겼다. 하지만 독수리 같은 고모의 눈동자는 찻잔 너머 조이스를 뚫어져라 바라보고 있었다.

조이스는 식구들의 눈동자가 자신에게 향하는 걸 느낄 수 있었다. 조이스는 웃음을 참느라 통통한 무릎을 꼬집었다. 그 순간, 못난이 세일 옷이 차라리 낫겠다는 생각이 들었다. 상어 간 알약, 맞선, 영구문신에 비한다면 말이다. 단란한 저녁식사 모임이 아주 기괴한 상품과 더불어 이상한 한국식 게임쇼로 변질되고 있었다.

고모가 말했다.

"조이스, 넌 의사하고 예약을 잡아뒀다. 다음주, 라이너 박사를 만나러 가자."

"누구요?"

조이스는 여전히 어리둥절한 채 물었다.

고모는 찻잔을 내려놓았다. 그러고는 냅킨으로 입가를 톡톡 두드리고 말을 이었다.

"내 주치의 말이다. 유대인이라 아주 영리해."

고모는 자신의 관자놀이 부근을 가리켰다.

조이스는 관자놀이의 여드름에 손을 갖다댔다. 부기가 조금 가라앉았지만 짜낸 흉터가 아직 있었다.

"아, 제 피부요? 별로 심각한 건 아녜요. 앞으론 초콜릿 안 먹을 거예요. 그래도 피부과 의사한테 보여주면 좀 낫겠죠. 감사합니다, 고모."

조이스의 선물은 실용적인 것이라 마음이 놓였다.

고모는 몸을 앞으로 내밀며 조이스의 얼굴을 살펴보았다.

"그래, 쌍꺼풀이 있으면 얼굴이 확 달라질 거야."

조이스는 테이블 주위를 둘러보았지만 식구들 누구도 조이스와 눈을 마주치지 않았다.

"피부과 의사가 눈에 뭘 하는데요?"

고모는 다시 몸을 폈다.

"우리 반찬은 어디 있냐? 그래도 김치는 좀 가져와야지."

고모가 종업원을 부르는 사이, 조이스는 앤디에게 속삭였다.

"뭔 말인지 모르겠어. 난 피부과 의사가 피부만 보는 줄 알았는데."

앤디가 몸을 기울이며 소곤거렸다.

"라이너 박사, 있잖아."

"라이너 박사?"

앤디가 윗입술을 말며 다시 소곤거렸다.

"기억 안 나? 마이클의 성형외과의사."

조이스는 의자에 등을 기댔다. 숨을 깊이 쉴 수가 없었다. 성형외과의사. 고모의 성형외과의사.

종업원이 가자 고모가 다시 테이블로 가까이 다가와 조이스를 빤히 들여다보았다.

"쌍꺼풀 수술은 아주 간단한 거야. 내가 처음 받은 수술이 그거였지."

고모가 눈을 감더니 위쪽 눈꺼풀을 손으로 가리켰다가 다시 눈을 떴다. 초승달 자국 두 개가 날카로운 검정색 독수리 눈동자 위로 나타났다 사라졌다.

"요즘엔 칼로 째지 않아. 레이저로 쏘고 몇 바늘 꿰매면 그만이란다."

조이스는 찻잔을 들어 죽 들이키며, 이게 소주였으면 했다. 칼? 레이저? 생각만으로도 땀이 삐질 났다.

"네 언니처럼 너도 예뻐지고 싶어 한다는 거 안다. 언니만큼은 안 되겠지만, 내 주치의의 도움을 받으면 지금보단 훨씬 예뻐질 거야."

조이스는 고개를 숙이고 냅킨으로 입술을 닦기 시작했다. 입 안쪽을 잘근잘근 깨물며 눈물을 감추려 미친 듯이 눈을 깜빡였다. 잔인할 정도로 솔직한 마이클 고모가 미웠다.

***

식사를 마치고 레스토랑 밖으로 나온 조이스 가족은 다시 한 번 돌아가며 좋은 선물을 주서서 고맙다고 고모에게 인사했다. 고모는 엄마에게 내일 데리러 가겠다며, 약속을 잊지 말라고 한 번 더 일깨워주었다. 엄마는 기어들어가는 목소리로 대답했다.

"예, 준비하고 있을게요."

조이스 가족은 다시 고개 숙여 인사하고 고모를 배웅했다.

고모의 차가 시야에서 사라지자, 아빠가 식구들을 바라보았다.

“자, 별로 나쁘지 않았지?”

그러고는 걸음을 옮겨 모퉁이를 돌았다. 그런데 그만 발을 헛디뎌 길바닥에 고꾸라지고 말았다. 발목이 꺾이면서 구두 한 짝이 훌러덩 벗겨져 나갔다.

엄마가 급히 옆으로 다가갔다.

“여보, 괜찮아요? 무슨 일이야?”

엄마가 아빠를 부축해 일으켜 세우고, 조이스는 벗겨져 나간 구두를 집어왔다.

조이스는 허리를 숙여 아빠 발에 구두를 신겨주려다가 뭔가 이상하다는 걸 알아차렸다. 아빠 발을 살펴보는 순간, 바로 상황 파악이 됐다.

“아빠, 고모가 키높이구두 줬어?”

조이스의 물음에 아빠가 부끄러운 듯 껄껄 웃음을 흘렸다.

“커 보이잖아.”

헬렌과 앤디가 투덜거렸다.

“남자가 뾰족구두 신은 거잖아.”

앤디가 웃음을 터뜨렸다. 그러자 헬렌이 말했다.

“이봐, 상어 간! 사돈 남 말 하고 있네.”

엄마가 한숨을 쉬었다.

“형님은 가끔씩 엉뚱할 때가 있다니까.”

구두에 발을 끼워 넣은 뒤에도 아빠는 여전히 절름거리며 다친 발에 체중을 싣지 못했다. 그런 아빠를 보며 헬렌이 말했다.

"발이 삐었나 봐요. 집에 가서 얼음찜질을 해야겠어요."

엄마가 아빠를 부축해 걸음을 옮기기 시작하자, 조이스는 헬렌, 앤디와 함께 그 뒤를 따랐다.

"마이클이 또 한 건 했네."

앤디가 말했다.

8장
화장에 눈뜨다

지나가 먼저 백화점 문을 밀어 열고 조이스에게 안으로 들어가라고 손짓했다. 조이스는 미소로 답하며 지나와 함께 안으로 들어섰다. 감미로운 재즈 피아노 선율이 에스컬레이터 위쪽에서 흘러나왔다. 조이스는 잠깐 눈을 가늘게 뜨고 여기저기 상품 판매대에서 뿜어대는 밝은 불빛에 눈을 적응시켰다. 향수 판매대에서 나오는 꽃향기가 구두와 지갑 매장에서 나오는 가죽 냄새와 뒤섞여 있었다. 조이스는 숨을 깊이 들이마시고 재채기를 연거푸 세 번 했다.

지나는 조이스의 팔뚝을 움켜쥐고 화장품 판매대로 이끌었다.

"이거 한번 해봐."

진열된 테스터 제품 중에서 연한 빨간색 립글로스를 들어올리며 지나가 말했다.

"너무 튀지 않아?"

조이스는 잠시 망설였다.

"그냥 반짝반짝 윤기만 흐르는 거야."

지나의 목소리에는 약간 짜증이 섞여 있었다.

"정말이야?"

"내가 여기서 아르바이트 하는 거 몰라?"

조이스는 그 테스터 제품을 받아들고 자세히 들여다보았다.

"지나, 넌 창고에서 일하잖아."

"그래도 쉴 때마다 매장에 나오거든."

지나는 면봉을 조이스에게 건넸다.

"그래서?"

조이스는 면봉에 립글로스를 묻혀 입술에 발랐다.

"그래서 전부 다 해봤지."

조이스는 둥근 거울 속의 자신을 들여다보았다.

"너무 끈적끈적해 보이지 않아?"

지나는 색조화장품 뒤쪽에서 티슈 한 장을 툭 뽑아 조이스에게 건넸다. 조이스는 티슈를 받아 입술에서 립글로스를 닦아냈다.

지나는 다른 립글로스와 면봉을 잡고 거울 속의 자신을 유심히 바라보며 톡톡 두드려 발랐다.

"근데, 우리가 왜 여기 온 거지?"

조이스가 묻자 지나가 천연덕스럽게 답했다.

"그러니까 네가 나한테 화장품 좀 사주려고."

"뭐?"

지나는 거울에서 물러나 립글로스를 잔뜩 바른 자기 입술을 살펴
보았다.

"넌 나한테 학년앨범 값 빚졌잖아. 기억 안 나?"

"아, 그렇구나."

"그리고 네 눈에 뭔가 변화를 시도해볼 수도 있으니까."

지나가 또 다른 립글로스를 살피며 말했다.

조이스는 고개를 저었다.

"마이클 고모는 진짜 제정신이 아니라니까!"

지나는 이미 바른 입술 위에 다른 색깔의 립글로스를 덧발랐다.

"이건 어때?"

조이스는 보랏빛 입술의 친구를 바라보았다.

"너무 요란해."

지나는 거울에 비친 자기 모습을 다시 바라보았다.

"공룡이나 이 백화점처럼?"

지나의 말에 조이스는 낄낄 웃음을 터뜨렸다.

지나는 티슈를 또 한 장 집어 입술을 닦아냈다.

"넌 뭐 땜에 그렇게 열 받는데? 마이클 고모가 너한테 D컵으로 가
슴 성형수술을 하라는 것도 아니잖아. 고모가 돈을 대준다는데 뭐가
문제야? 존이 널 달리 볼 수도 있잖아."

그러고는 조이스의 어깨를 쿡 찔렀다.

"아야! 아프잖아!"

그때 의사처럼 하얀 가운을 입은 판매원이 다가왔다.

"찾는 거라도 있으세요, 손님?"

"그냥 둘러보고 있어요."

지나는 태연히 대답한 뒤 조이스의 손을 움켜쥐고 통로로 이끌었다. 잡티 하나 없이 완벽한 모델들의 얼굴 사진이 두 사람을 들여다보는 가운데 둘은 여기저기 돌아다녔다. 모델들의 옅은 빛깔 눈꺼풀이 조이스를 손짓하며 불렀다. 조이스는 멍하니 사진 앞에 섰다.

대부분의 아시아계 여자애들처럼, 조이스도 쌍꺼풀 수술에 대해 알고 있었다. 하지만 고모 말고는 실제로 그 수술을 한 사람을 본 적이 없었다. 그래서 크게 신경 쓰지 않았다. 몇 년 전 조이스가 식구들과 함께 한국에 갔을 때, 사촌이 조이스에게 잡지책을 보여주며 말했었다. 생일선물이나 졸업선물로 다른 한국 애들처럼 성형수술을 하고 싶다고. 좀 신기하긴 했지만, 그때도 조이스는 그저 일부 한국사람들의 지나친 유행이라 여겼었다.

조이스는 모델들의 클로즈업 얼굴 사진을 들여다보았다. 눈꺼풀 색깔이 공작 깃털처럼 층층으로 펼쳐져 있었다. 조이스는 자기가 알고 있거나 만났던 여자들 중에 쌍꺼풀 있는 사람이 있는지 떠올려보았다.

지나의 눈은 아몬드처럼 예쁘다. 여느 한국사람과 같다. 하지만 서양 여자들이 당연하게 여기는 쌍꺼풀이 없다. 조이스의 엄마는 눈 위에 좁다란 선이 하나 있는데, 한국에서 수술을 받고 온 거냐고 물었더니, 나이 들어 피부가 얇아져 자연스레 주름이 잡힌 거라고 얘기해주었다. 헬렌 언니의 경우에는 조이스처럼 쌍꺼풀에 대해 걱정

할 필요가 없다. 눈이 꽤 커서, 쌍꺼풀이 없어도 사람들이 이따금 아시아계 혼혈인이라고 여길 때도 있다. 존 포드 강처럼 말이다.

조이스는 돌아서 거울을 찾았다. 전에는 자기 눈이 절대 가늘어 보이지 않았지만, 모델들의 얼굴에 둘러싸여 있자니 '쭉 찢어진 눈'(slant-eyes. 동양인을 경멸적으로 부르는 속어:옮긴이)이라는 수치스러운 말이 갑작스레 머릿속에서 톡 튀어 올랐다. 조이스는 손끝으로 눈꺼풀을 바깥쪽으로 들어올려보았다. 눈이 이렇게 작고 가는 걸 왜 전에는 알아차리지 못했을까? 존이 나를 린 송으로 착각한 것도 당연하지.

조이스는 눈을 동그랗게 뜨고 눈썹을 최대한 치켜올린 뒤 지나를 불렀다.

"나 어때?"

클렌징 제품을 들여다보던 지나가 시선을 돌렸다.

"상처 입은 샌님 같아. 수술하면 그렇게 안 보일 거야."

조이스는 얼굴을 찡그리고는 눈썹의 힘을 뺐다.

"야, 수술이 장난인 줄 알아? 기억나, 지난달에 지방 흡입수술하고 나서 쓰러진 여자? 잘못하면 목숨을 잃을 수도 있는 거라구."

지나가 조이스를 흘겨보았다.

"나도 모르겠어, 내가 그 수술을 잘 해낼 수 있을지. 하지만 고모 말을 듣지 않으면 엄마가 날 가만 안 둘 거야. 그런데 말이야, 아시아계 여자들이 쌍꺼풀 수술을 엄청나게 많이 한다는데, 어떻게 그 수술 받은 사람을 우리가 전혀 모를 수가 있냐? 아마 수술 받은 걸 아무한테도 말 안 했을 거야. 사람들이 내 얼굴을 뚫어져라 쳐다보면서, 저게 진짜일까 가짜일까 생각하는 거, 난 싫어. 손가락질하면서 뒤에서 흉보면 어떡해? 게다가 수술하고 나면 아플 거야. 알잖아, 내가 아픈 걸 얼마나 못 참는지. 종이에 살짝 베여도 반창고 붙이잖아. 한동안 앞을 못 보면 어떡해? 어떻게 돌아다녀? 또……."

지나가 갑자기 손을 뻗치더니 조이스의 어깨를 꽉 움켜잡고 마구 흔들었다.

"조이스, 작작 좀 해라. 뭐가 불만이야? 젠장. 세상 여자들은 전부 다 네 입장이 되고 싶어 환장할 거다. 너희 고모가 수술비 내는 거잖아. 그냥 해!"

조이스는 뒤로 물러섰다.

"지나, 너라면 할 거야?"

"당연하지. 생각하고 자시고 할 것도 없어. 공짜잖아!"

조이스는 귀 뒤로 머리칼을 넘기고 거울 속의 자기 모습을 바라보았다.

"수술해도 괜찮을까? 인공적이거나 부자연스러워 보이면 어쩌지?"

지나가 조이스 뒤로 다가왔다.

"분명 훨씬 나아 보일 거야."

지나는 그러면서 눈을 둥그렇게 떴다.

"난 아직도 모르겠어."

조이스의 목소리는 한결 누그러져 있었다.

“너희 고모가 너 치아 교정하라고 돈 댄 거랑, 쌍꺼풀 수술 하라고 하는 거랑 무슨 차이가 있는데? 나도 내 콤플렉스를 고쳐줄 돈 많은 고모가 있으면 좋겠다.”

조이스는 가지런한 이빨을 혀로 훑었다.

“그래도 쌍꺼풀 수술은 좀 극단적인 것 같아.”

지나는 콧방귀를 뀌더니 다시 볼터치를 들여다보았다. 그러고는 진열대 상자를 들어올려 자그마한 면솜을 꺼냈다.

“그게 거기 있는지 어떻게 알았어?”

지나는 면솜에 연한 핑크 볼터치를 묻혀 광대뼈에 사선으로 조심스레 펴 발랐다.

“여기서 일한다고 말했잖아.”

지나는 마침내 립글로스 두 개와 자그마한 파우더 한 통을 골랐다. 지나한테 그걸 사주고 나서 조이스는 말했다.

“이제 네가 나한테 빚진 거다.”

조이스의 말에 지나가 씩 웃었다.

“원래 그런 거야. 우리의 우정이 회복되니 기분 좋은데?”

지나는 조이스의 손을 잡고 앞으로 끌어당겼다.

“가자.”

“이제 어디 가는데?”

“네 눈 손보러! 아, 저기 보이네.”

지나는 예쁘장한 아시아계 여자가 홍보 팸플릿을 정리하고 있는 판매대를 가리켰다.

"저 여자는 수술했을까?"

"몰라. 하지만 저 여자가 아시아계 여자들한테 제일 괜찮은 눈 화장품을 팔아."

"헐!"

"날 믿어봐."

판매대 앞에 이르자, 지나는 등받이 없는 하얀색 천 의자에 털썩 주저앉았다. 그러고는 조이스에게도 앉으라고 손짓했다. 조이스는 너무 부끄러워서 앉지 못하고, 그냥 의자 옆에 서 있었다.

"물건 사는 사람들이나 앉는 거 아닌가?"

조이스가 속삭이듯 묻자, 지나가 핀잔을 주었다.

"쓸데없는 걱정 좀 작작 해라."

아시아계 여점원이 흘끗 보더니 팸플릿을 마저 정리하고 두 사람에게 건너왔다. 조이스는 그 여자가 걷는 모습이 텔레비전에서 본 것과 비슷하다는 생각이 들었다. 잘빠진 엉덩이가 살랑살랑 움직이고 두 손이 우아하게 흔들렸다. 조이스는 속으로 생각했다. 집에서 저렇게 걷는 법을 연습해야지.

"뭘 도와줄까요, 아가씨들?"

지나는 거들먹거리는 목소리로 답했다.

"이 친구가 언니 결혼식에 쓸 눈 화장품을 사려고 하는데요."

"아!"

한참 어린 두 소녀에게 거기 앉아 있을 만한 합당한 이유가 있다는 걸 알고 판매원은 깜짝 놀란 듯했다.

"결혼식이 언젠데?"

지나는 거침없이 술술 대답했다.

"다음주요. 시간이 얼마 없어요. 조이스는 드레스 가봉하러 가야 하거든요. 하지만 제가 얘한테 그랬죠. 언니가 이 분야 최고의 아시아계 전문가라고요."

판매원이 매력적인 웃음을 터뜨렸다.

"얘는 들러리거든요."

지나는 조이스를 등받이 없는 천 의자에 억지로 앉혔다.

조이스는 꿀꺽 침을 삼켰다. 지나가 이러는 게 싫었다. 얼마나 숱하게 지나의 계획에 말려들어 일을 망치고 말았던가? 제발, 제발 나한테 아무것도 묻지 말기를. 조이스는 생각했다.

판매원이 조심스레 조이스의 얼굴을 들여다보더니 살짝 조이스의 턱을 들어올렸다. 그러고는 조이스의 고개를 이쪽저쪽으로 돌려보았다.

판매원이 조이스를 바라보며 웃었다.

"네 얼굴에 화장을 해보면 어떨까? 그럼 눈을 반짝반짝 빛나게 할 수 있어. 내 이름은 알린이야. 그런데, 이름이?"

지나가 조이스의 옆구리를 쿡 찔렀다.

"조이스예요."

알린이 웃었다.

"그래, 조이스. 먼저 흉터를 컨실러로 가리자. 그러고 나서 가볍게 파운데이션을 바르고……."

알린이 솜털 같은 커다란 붓으로 얼굴에 가볍게 파우더를 바르자, 조이스는 편안하고 나른한 느낌이 들었다. 미용사가 머리 깎기 전 머리를 감겨줄 때의 그 느낌.

알린이 관자놀이 부근 흉터에 파운데이션을 살짝 찍어 바를 때, 조이스의 이마에 알린의 숨결이 느껴졌다.

"절대 짜면 안 돼."

알린이 충고했다.

"우리 엄마처럼 얘기하시네요."

조이스는 눈을 감은 채 중얼거렸다.

"자, 이제 눈 떠볼래?"

조이스는 천천히 눈을 뜨고 알린이 내민 거울을 들여다보았다.

"자, 피부가 매끄러워 보이지? 이제 눈 화장을 하면, 티끌 하나 없는 얼굴에서 눈이 툭 튀어나와 보일 거야."

조이스는 지나를 찾아 둘러보았다.

"제 친구는 어디 갔어요?"

알린이 화장품 서랍을 뒤적이며 말했다.

"아, 에스컬레이터 너머에서 네 친구 머리를 본 것 같은데."

조이스는 어금니를 앙 다물었다. 친구를 혼자 남겨두고 가버리다니, 믿을 수 없었다.

알린이 이번에는 검은색 연필을 손에 들었다.

"눈 화장을 해보자."

조심스레, 빠른 속도로 쓱쓱 그어가며, 알린은 조이스의 눈에 검은색 스모키 아이라인을 그렸다.

"넌 쌍꺼풀이 없으니까, 얇은 선을 그려주면 위 꺼풀에 색을 넣을 수 있을 거야."

"무슨 뜻이에요?"

조이스는 작은 목소리로 물었다.

알린이 뒤로 물러나 조이스의 메이크업을 확인하더니 만족스러운 듯 고개를 끄덕였다. 그러고는 자기 눈을 가리켰다.

"여기 좀 볼래?"

알린이 천천히 눈을 깜빡였다. 그러자 고모가 엊저녁에 보여주었던 초승달이 알린이 눈을 깜빡일 때마다 나타났다가 사라졌다.

"운 좋게 태어난 사람들은 쌍꺼풀이 있어. 하지만 대부분의 아시아계 여자들은 이걸 만들려면 수술을 해야 해."

"아."

하지만 알린은 자신의 쌍꺼풀이 자연산인지, 수술한 것인지는 밝히지 않았다.

자그마한 콤팩트를 가지고 돌아온 알린이 아이섀도 색깔을 보여주었다.

"네 언니는 신부 들러리 드레스로 무슨 색을 골랐니?"

"어, 그러니까……."

"무슨 색을 콘셉트로 정했어? 내 생각에, 아이섀도 색을 그 색으로 마무리하면 좋을 것 같은데."

조이스는 여전히 알린이 무슨 얘기를 하는 건지 알아들을 수 없었지만, 어쨌든 두 가지 색깔을 골랐다.

"자주색하고 초록색요."

그러자 알린이 놀란 표정을 지었다.

"좀 특이한 색이구나."

손에 쥐고 있는 아이섀도 팔레트를 들여다보더니 알린이 입술을 오므렸다.

"이 벨벳 브라운이 어울리겠다."

끝이 비스듬하게 생긴 작은 브러시를 들고 알린이 다가왔다.

"언니가 웨딩 컨설턴트를 고용했니?"

"네."

조이스는 재빨리 대답했다.

알린이 혼잣말처럼 중얼거렸다.

"그 컨설턴트가 누군지 궁금하네. 색깔이 워낙 특이해서 말이야."

그러고는 뒤로 물러나면서 물었다.

"언니가 혹시 실리콘밸리 출신하고 친한 건 아니지? 그렇지?"

"아, 아니에요."

"내 생각에, 자주색하고 초록색은 꽤 세련되게 보일 수도 있을 것 같아. 다 색조에 달렸지."

"네."

조이스는 냉큼 대답하고 다시 재채기를 하기 시작했다.

알린이 티슈 한 장을 건넸다.

"눈 가까운 데는 짙은 색으로 시작해서 차츰 밝게 할 거야. 눈썹 가까이까지. 아시아계 사람들 대부분은 두세 가지 이상의 색조를 쓸 수 없어. 눈꺼풀이 좁으니까."

알린이 뒤로 물러서서 살펴보더니 브러시를 가져와 조이스의 눈꺼풀 위를 마무리했다.

조이스는 알린에게 쌍꺼풀 수술에 대해 묻고 싶었다. 알린이라면 그 수술을 받은 사람을 알거나, 아니면 자기도 그 수술을 받았을지 모른다. 조이스는 다리를 꼬았다가 풀었다가 했다.

화장이 거의 끝나가고 있었다.

"이제 입술 색깔."

알린이 여러 가지 립스틱이 들어 있는 판을 가져왔다.

"내 생각엔, 평상시에 하는 것보다 좀 더 대담한 걸 쓰는 게 좋을 것 같다."

그러면서 색을 하나 골랐다.

"뭐 하나 물어봐도 돼요?"

조이스의 느닷없는 말에 알린이 고개를 들었다.

조이스는 마치 그린 것같이 접힌 알린의 눈꺼풀을 바라보았다.

"혹시 수술 받으셨어요?"

알린의 눈썹 사이로 가느다란 선이 나타났다.

"누가 물어보라고 했니?"

조이스는 고개를 저었다.

"아니, 아니에요."

알린이 뒤로 물러서더니 조이스를 살펴보았다. 알린의 눈이 가늘어졌다.

"누가 나에 대해 뭐라고 말하든?"

조이스는 완벽하게 화장한 알린의 얼굴이 이글이글 불타는 것을 느낄 수 있었다. 조이스의 손이 부들부들 떨렸다.

"아뇨. 전 언니가 여기서 일하는 거 알지도 못했어요. 제 친구 지나가 여기로 데려오기 전까지는 말이에요. 전 그냥 궁금해서……."

"음, 넌 네 일이나 신경 쓰는 게 좋을 것 같다."

"죄송해요. 다른 뜻은 없었고, 그냥…… 아이, 정말!"

조이스는 얼굴이 미친 듯이 가려웠다. 하지만 알린이 해준 화장을 망쳐서는 안 되기 때문에, 손을 들어 머리를 긁적거렸다.

"저희 고모가 저한테 쌍꺼풀 수술을 해준다고 해서…… 있잖아요, 주름을 넣는 거."

알린이 한쪽 눈썹을 치켜떴다.

"정말이에요. 그걸 해야 하는지 잘 모르겠어요. 하지만 제 친구 지나가 그 수술을 하면 예뻐 보일 거라고 해서……."

알린이 조이스의 어깨를 살짝 건드렸다.

"조이스, 성형수술은 그냥 무턱대고 하는 게 아니야. 선물로 받았다고 해도 말이야."

그러고는 다시 말을 이어나갔다.

"사고가 일어날 수도 있어. 아프기도 하고. 뜻밖의 사고로 네 삶과 감각이 모조리 바뀔 수도 있어. 아무리 훌륭한 의사라도 네 피부가 수술 후에 어떻게 반응하는지, 또 회복이 어떨지 예측할 순 없어."

조이스는 침을 꿀꺽 삼켰다.

알린이 뒤로 물러섰다.

"자, 네 입술에 이 색을 바르면 네 눈이 훨씬 더 빛날 거야."

조이스가 미처 대답하기도 전, 알린은 그 립스틱을 조이스의 입술에 살짝 바르고 나서 립글로스를 덧발랐다.

"이제 됐다."

알린은 조이스를 빙그르르 돌려세웠다.

조이스는 커다란 전신 거울에 비친 자기 모습을 바라보았다. 그건 조이스였다. 아니, 조이스가 아니었다. 덧바른 화장품이 비닐 필름처럼 느껴졌다. 입술은 갓 뽑은 자동차처럼 통통하고 반짝반짝 빨갛게 빛났다. 부드러운 뺨은 촉촉하고, 잡티 하나 없이 매끈하고, 진주처럼 은은하게 빛났다. 그리고 눈! 조이스는 거울 앞으로 몸을 숙였다. 눈은 검은색으로 가볍게 윤곽이 잡혀 있었는데, 위쪽 눈꺼풀에는 스모키 브라운으로 그라데이션을 주었다. 그래서 눈이 훨씬 커 보였다. 눈이 강렬하게 이글거려서 조이스는 그게 과연 자기 눈인지 믿을 수가 없었다.

"저게 나예요?"

알린이 팔짱을 꼈다.

"전부 다 자르거나 꿰매지 않고 한 거야. 게다가 회복기도 필요 없지."

"그렇네요."

조이스는 의자 위에서 몸을 움직였다. 내내 꼼짝없이 앉아 있었더니 몸이 저렸다.

알린이 사용한 제품들을 판매대 위에 정리하기 시작했다.

"결혼식 때 입술에 립글로스를 덧발라주면 훨씬 보기 좋을 거야. 기념사진을 찍을 때도 마찬가지고."

"저기요, 알린."

조이스는 의자에서 내려오며 말했다.

"저희 언니 결혼식 말인데요."

알린은 판매대 위에 팔꿈치를 기대고 조이스를 바라보았다.

"결혼식은 뻥이에요."

조이스는 강조의 의미로 고개를 끄덕였다.

"어쩐지 자주색하고 초록색을 선택한 게 좀 이상하다 싶었어. 하지만 요즘 사람들은 남들과 다르게, 색다르게 하고 싶어 하니까, 잠시 내가 나이가 들어가는구나 생각했지."

"아, 아녜요. 언니는 전혀 나이 들어 보이지 않아요."

알린의 입술이 일그러졌다.

"고마워."

조이스는 천천히 뒷걸음쳤다.

"제 얼굴에 화장해주신 거, 정말 맘에 들어요. 저한테 돈이 있다면 그 화장품들을 전부 다 살 거예요. 정말 그럴 거예요. 그렇지만 제 친구 지나한테 방금 돈을 다 갚았어요. 아까 저랑 같이 있었던 애 말이에요. 저는 그냥 화장을 하면 제 눈이 어떻게 보이는지 알고 싶었어요."

다행스럽게도 알린은 순순히 조이스를 놓아주었다.

"조심해. 의사한테 확실히 알아보고, 주의사항도 잘 알아봐."

조이스는 고개를 끄덕였다.

"기억해, 언제나 화장이란 방법도 있다는 걸!"

조이스는 진심 어린 조언을 해준 알린에게 손을 흔들어 인사하고 에스컬레이터로 향했다. 그러면서 지나를 가만 안 놔두겠다고 다짐했다. 단, 이 놀라운 변신에 대해 실컷 감탄하게 만들고 난 후에 말이다.

9장

선물의 부작용

집으로 가는 내내, 조이스는 얼굴에 손을 갖다대고 싶은 걸 참느라 안절부절못했다. 지나는 엄마한테 빌린 차를 조심스럽게 모는 동안에도 조이스의 손이 올라가려는 것을 볼라치면 손을 뻗어 찰싹 내리쳤다.

"조이스, 망가지잖아."

"근질근질하단 말이야!"

조이스는 목을 긁적였다. 그나마 진짜 가려운 곳이랑 최대한 가까운 곳이었다.

"너 진짜 예뻐. 다섯 살은 더 나이 들어 보인단 말이야. 사람들한테 보여주기 싫어?"

조이스는 손톱을 들여다보며 말했다.

"물에 빠진 기분이야. 야, 이 화장품 좀 봐봐."

그러면서 손을 뻗어 손톱 아래 낀 파운데이션을 보여주었다.

지나는 앞만 바라보았다. 그러고는 딱 세 마디 했다.

"존 포드 강."

조이스는 손톱을 들여다보다 말고 의자에 몸을 파묻었다.

빨간불 신호등 앞에서, 지나는 몸을 돌려 조이스를 마주보았다.

"넌 내년에도 존이 널 린 송으로 착각했으면 좋겠니?"

"아니."

"그럼 어린애처럼 굴지 마."

조이스는 삐죽거리지 않으려고 노력했다.

"이렇게 파운데이션을 덕지덕지 발라본 적이 없어서 그래."

지나는 눈을 흘겼다. 이윽고 초록색으로 신호가 바뀌자 속도를 냈다. 지나는 조이스네 아파트 앞에 조이스를 내려주었다.

"화장 절대 지우지 마. 그 상태로 일하러 가는 거야, 알았지?"

조이스는 투덜거렸다.

"말도 안 돼."

"다들 그럴 거야. 엄청 예뻐 보인다고."

"정말?"

"그래!"

조이스는 한숨을 깊이 쉬며 힘든 티를 팍팍 냈다.

"알았어."

"좋아. 이따가 저녁에 식당에 들를게."

"지금 어디 가는데?"

“한국시장에 들러야 해. 그 다음엔 엄마 데리러 갈 때까지 SAT 공부 할 거야.”

“전부 자동차가 있군.”

조이스는 차문을 밀어 열었다.

“그게 뭐 대단한 거라고, 조이스.”

조이스 뒤에서 지나가 소리쳤다.

조이스는 지나에게 손을 흔들어 보이고 아파트 마당으로 들어섰다. 계단을 향해 걸어가며 옷매무새를 살폈다. 화장을 했으니 일하러 갈 때 뭘 입어야 할까? 현관 앞에 도착할 즈음, 셔츠 두 종류로 선택을 좁힐 수 있었다.

조이스가 열쇠를 자물쇠에 막 넣으려는데, 순간 문이 살짝 열려 있는 걸 알아차렸다. 집을 나설 때 깜빡 잊고 문을 안 잠갔나? 도둑이 들었나? 조이스는 현관문을 살며시 밀었다. 겁이 나 가슴이 쿵쾅쿵쾅 뛰었다.

엄마가 문을 등진 채 소파에 앉아 있었다.

“엄마?”

엄마가 이 시간에 집에 있다니, 조이스는 깜짝 놀랐다.

엄마가 천천히 고개를 돌려 뒤돌아보았을 때, 조이스는 후다닥 손을 입으로 막고 비명을 꿀꺽 삼켰다.

엄마의 머리가 있어야 할 곳, 거기에 거대한 풍선이 있었다. 엄마의 눈 대신 가늘게 새긴 자국 두 개가 그곳을 차지하고 있었다. 마치 오리털 파커에 잡힌 주름 같았다. 이마는 통통 붓고, 피부는 부풀어

올라 반들반들하고 빵빵했다. 눈썹이 있던 곳에는 까만 선 두 개가 조이스를 기분 나쁘게 노려보았다. 할로윈 데이 때 만드는 호박등 같았다. 조이스는 생전처음 보는 모습이었다. 엄마는 공포영화 세트나 심야 코미디 쇼 무대에서 막 걸어 나온 듯했다. 뾰족 머리 대신 럭비공을 뒤집어쓰고.

"엄마, 괜찮아? 왜 그래?"

조이스는 엄마의 눈동자를 찾아 이리저리 살펴보았다.

굵은 눈물이 그 주름 사이로 흘러내렸다.

"울지 마, 엄마!"

조이스는 엄마의 두 손을 잡고 토닥였다. 고맙게도 손 크기는 그대로였다.

엄마의 퉁퉁 부은 입술이 벌어졌다.

"고모."

"영구화장하는 데서 엄마한테 이렇게 했단 말이야?"

엄마는 아니라며 고개를 젓고 이마의 까만 선을 가리켰다.

"눈썹 문신 하고 집에 오는데, 얼굴이 부었어."

조이스는 벌떡 일어섰다.

"세상에! 병원에 가야 하는 거 아냐?"

엄마는 고개를 다시 저었다.

"헬렌이 벌써 데려다줬어. 푹 쉬고 약 먹으래."

엄마는 탁자 위의 약병을 가리켰다.

"의사가 그러는데, 내가 문신용 잉크에 알레르기가 좀 있는 것 같대."

조이스는 엄마 옆으로 돌아가 앉았다. 알린의 말이 귓가에 맴돌았다. 조이스는 얼굴에 손을 갖다댔다. 피부 위의 갑옷 같은 파운데이션과 파우더가 갑갑하게 느껴졌다.

"아파?"

두 줄기 눈물이 엄마 눈에서 더 미끄러져 나왔다.

조이스는 살며시 눈물을 닦아주었다.

"물 좀 줄까?"

"엄마 걱정은 마. 가서 아빠 일하시는 것 좀 도와드려. 지나 엄마가 전부 다 못 하니까, 지나한테 오늘 저녁 와서 도와달라고 하고. 헬렌도 주방 일을 해야 할 거야."

조이스는 고개를 끄덕였다.

엄마는 한숨을 푹 쉬었다.

"이럴 줄 알았어. 너희 고모가 가끔 나를 아주 미치게 하는구나."

"고모는 미쳤어."

그러자 엄마는 언제 그랬냐 싶게 말을 바꾸었다.

"쉿, 그런 말 하면 못써. 우리한테 얼마나 잘해주는데……."

조이스는 몸을 돌렸다. 똑같은 그 말을 대체 몇 번이나 들었는지 셀 수도 없다. 고모는 구원자다. 조이스 가족이 미국으로 이민 오는 걸 가능하게 해준 사람이니까. 제기랄! 고모는 식구들을 심각하게 불구로 만들 수 있는데도, 식구들은 여전히 깊이 허리 숙여 고맙다고 인사해야 할 거다.

"진짜 웃겨. 고모한테 늘 굽실거려야 하니."

"넌 몰라. 우린 고모한테 평생 가도 못 갚을 도움을 받았어. 고모가 없었으면 우린 여기 있지도 못해. 우리 식당을 갖지도 못했을 거야. 고모가 나이 들었으니 이제 우리가 고모를 돌봐야지. 한국사람은 그렇게 하는 거야."

조이스는 푹 한숨을 쉬었다.

"알아, 안다고!"

엄마는 조이스의 어깨에 손을 뻗으려 했지만, 빗나가 조이스의 눈을 찔렀다.

"착하지, 우리 딸."

조이스는 아픈 눈을 잡고 몸을 앞으로 숙였다. 갑자기 쌍꺼풀 수술에 대한 그 모든 생각이 무시무시해지기 시작했다. 고작 문신 하나 때문에 엄마가 이 정도라면, 수술대 위에서 무슨 일이 일어날지 누가 안단 말인가? 엄마 눈이 기형이 되면 어쩌지, 허영을 부린 대가로? 그 모든 고통은 말할 것도 없고.

"엄마, 나 쌍꺼풀 수술 꼭 해야 해?"

"하기 싫어?"

"모르겠어."

엄마는 소파에 다시 몸을 기대고 기운 없는 목소리로 말했다.

"맘에 들지도 몰라."

"그럴지도."

조이스는 힘없이 답했다. 헬렌만큼 예뻐질 수는 없다는 고모의 말을 기억하며…….

"고모 말을 거역하긴 힘들어. 그래도 정 수술이 싫으면, 우리가 빠져나갈 방법을 찾아볼게."

조이스는 엄마를 돌아보았다.

"정말이야?"

엄마는 고개를 끄덕였다. 두 줄기 눈물이 더 흘러내렸다.

"우리 딸이 불행해지면 안 되지."

"언니도 고모 선물 싫어해? 그냥 데이트만 하면 되잖아? 그 사람들하고 결혼해야 하는 것도 아닌데."

"제발 언니한테 못되게 굴지 마. 요즘 네 언니 마음이 바빠."

"언니는 늘 바쁘지."

엄마는 손을 내밀어 조이스의 어깨를 잡았다. 이번에는 제대로 닿았다.

"조이스, 헬렌 말 잘 들어. 네 언니잖아. 언니가 너한테 잘해주려고 얼마나 애쓰는데."

조이스는 눈을 흘겼다.

"알았어."

엄마 잔소리가 듣기 싫어 그렇게 말했다.

엄마는 손을 내밀어 조이스의 무릎을 토닥이고 소파 위 베개에 몸을 뉘었다.

＊ ＊ ＊

조이스는 엄마를 위해 텔레비전을 켜주었다. 보지는 못해도 들을 순 있을 테니까. 조이스는 욕실로 걸어가 화장을 싹 지웠다. 거울 속의 자신을 들여다보며 수도꼭지에서 뜨거운 물이 나오기를 기다렸다. 문득 남자는 참 편하겠다는 생각이 들었다. 조이스는 따뜻한 물을 양손에 담아 얼굴에 적셨다.

조이스가 집 밖으로 내려가 자전거 거치대로 향하는데, 샘이 자기 집에서 나오는 게 보였다. 샘은 자동적으로 카메라를 자기 얼굴에 대고 사진을 찍기 시작했다.

"안녕, 샘."

조이스는 카메라를 향해 손을 저으며 얼굴을 가렸다.

"그러고 있으면 어떻게 네 사진을 찍냐?"

"그러니까!"

샘이 카메라를 들여다보며 물었다.

"너희 엄만 괜찮으셔?"

조이스는 한숨을 쉬었다.

"들었어?"

샘은 고개를 끄덕이며 카메라를 만지작거렸다.

"당분간은 사람들 앞에 나가고 싶어 하지 않으실 거야. 얼굴 상태가 좀 심각하거든."

샘은 이제 수영장 매립터의 가장자리 화단에 있는 식물들을 찍기 시작했다.

"예전처럼 수영장이 있었으면 좋겠다."

조이스는 화제를 바꾸려고 그렇게 말했다. 샘이랑 외모에 관해 얘기하는 건 늘 불편하다. 샘이 사진가일지라도 말이다. 샘은 사진 찍을 때 꼭 카메라 뒤로 숨으려 하는 것처럼 보인다. 샘의 얼굴은 십대들을 괴롭히는 여드름투성이다. 낭종이 심하게 부풀어 오른 데다 뺨에 분화구 같은 흉터가 깊게 파여 있어 보기 흉하다. 엄마는 늘 여드름은 청소년기를 거치며 견뎌야 하는 통과의례라고 말하곤 한다. 샘은 운 좋게도, 그 시련의 시기를 이제 어느 정도 지나온 것처럼 보인다. 낭종이 차츰 줄어들고 있으니까.

조이스는 자기도 샘만큼 여드름이 심하다면 어땠을지 생각해보았다. 만약에 고모가 저런 걸 치료하라고 한다면, 조이스는 생각이고 뭐고 할 필요 없이 당장 하겠다고 할 것이다.

"다 돈이 드니까 그런 거지."

샘이 찰칵 찰칵, 두 번 셔터를 눌렀다.

"뭐?"

샘이 수영장 부근을 가리켰다.

"수영장을 유지하려면 돈이 많이 들잖아. 보험도 들어야 하고."

"그런 걸 어떻게 다 알아?"

샘이 씩 웃더니 카메라를 들어올려 또 조이스를 찍었다.

"난 아무짝에도 쓸데없는 걸 많이 알잖아."

"너, 사람 풍선 머리는 어떻게 터뜨리는지 알아?"

"그냥 눈썹 문신만 했는데 그렇게 부은 거야?"

그렇게 물으면서도 샘의 시선은 여전히 카메라에 붙박여 있었다.

"한국 엄마들의 소식통은 대단하잖아."

샘이 어깨를 으쓱하며 덧붙였다. 한국인 사회에서 비밀을 지키기란 퍽 어렵다. 한국인 가족 4가구가 사는 이 아파트는 두말할 것도 없다.

"실은 우리 엄마도 작년에 눈썹 문신 했어."

샘이 목소리를 낮추어 말했다.

"정말? 너희 엄마는 부작용 없었어?"

샘은 고개를 저었다.

"아니. 파티 같았어. 엄마랑 이모들 전부 가서 눈썹하고 아이라인을 했거든."

조이스는 깜짝 놀랐다. 정말 엄청 많은 한국 여자들이 영구화장을 하고 돌아다니는구나.

"참 신기하다."

샘이 땅바닥을 내려다보며 미소 지었다.

"그래, 맞아. 엄마 말로는 그걸 하면 아침마다 치장하는 시간을 줄여준대."

알린이 얼굴 화장을 해주는 데 걸린 시간을 떠올리며 조이스는 씩 웃었다.

"무슨 말인지 알겠어."

샘은 얼른 고개를 들어, 조이스가 농담하나 확인했다. 샘의 커다란 갈색 눈동자가 궁금증으로 물결쳤다. 샘 역시 쌍꺼풀이 없다는 걸 조이스는 알아차렸다.

"나, 식당에 가봐야 해. 엄마가 없어서 할 일이 엄청 많거든."

조이스는 자전거 거치대로 향했다.

샘이 조이스를 따라왔다.

"차 태워줄까? 나 오늘 차 있는데."

조이스는 몸을 돌렸다.

"왜 나만 빼고 다 차가 있는 거지?"

"뭐?"

"아무것도 아냐."

조이스는 자전거를 물끄러미 바라보았다.

"그래, 좋아. 차를 타고 가면 좀 쉴 수 있겠다."

샘은 차분하게 운전을 아주 잘했다. 한 손을 핸들 위에 올려두고 얘기하며 이따금 조이스를 바라보았다. 전에는 샘하고 단둘이만 이렇게 많은 시간을 함께 있어본 적이 없었다. 동네에서 이따금 마주칠 때나 얘기를 나누곤 했다. 아니면 교회 예배가 끝나고 사람들이랑 무리지어 어슬렁거릴 때나. 대부분의 경우, 샘은 혼자였다.

"이번 여름에 무슨 계획 있어?"

샘이 물었다. 그러고는 재빨리 백미러를 확인한 뒤 천천히 가는 앞 차를 추월했다.

"아니, 그냥 식당에서 일할 거야."

조이스는 샘을 올려다보았다. 앞에 카메라가 없는 얼굴을 보니 좀 낯설었다. 샘의 피부는 무척 건조하고 각질이 많이 일어나 있었다. 조이스는 자기가 밤마다 바르는, 필링에 도움을 주는 지루성 피부용 크림을 알려주고 싶었다. 하지만 그리 친하지도 않은데 너무 앞서간 다는 느낌이 들었다. 다음에 기회가 있겠지.

"샘, 넌 이번 여름에 뭐 할 건데?"

샘은 어깨를 으쓱해 보이더니 입술 오른쪽을 씰룩거렸다.

"한 달 뒤에 전시회가 있어."

"와, 대단하다!"

"별거 아냐."

"뭐가 별거 아냐?"

조이스는 장난스럽게 샘의 팔뚝을 툭 쳤다.

"어딘데? 지나랑 나도 가도 돼?"

"물론이지."

샘은 흘끗 조이스를 보고 나서 다시 앞쪽으로 시선을 돌렸다.

"근데 대단한 건 아냐. 그룹전이거든."

"그룹전에 출품하는 것만 해도 대단한 거지."

조이스는 다리를 끌어당겨 두 팔로 감싸 안았다.

"에효, 난 고등학교 졸업하고 뭘 할지 아무 생각이 없어."

샘이 얼굴을 찡그렸다.

"너, 대학 안 가려고?"

"꼭 가야 한다는 생각은 없어."

조이스는 웃음을 터뜨리며 말을 이었다.

"하지만 부모님이 날 가만 안 둘걸. 그러니 가긴 가야겠지. 내 말은, 내가 뭘 공부하고 싶은지, 뭘 하고 싶은지 모르겠다는 거야."

"지금 꼭 그걸 알아야 하나?"

조이스는 무릎 위에 턱을 괴었다.

"천재 언니가 하나 있는데, 그 언니는 여덟 살 때부터 의사를 꿈꿔 왔어. 그러니 비교가 안 되겠냐? 어찌 됐든 늘 바보가 된 기분으로 끝나버린다구!"

"넌 바보가 아냐. 아직 자아를 찾지 못한 것뿐이지."

"그게 뭔 말이야?"

"처음에 카메라 렌즈를 통해 세상을 바라보았을 때, 난 깨달았어. 그게 나한테 딱이라는 걸. 난 이방인, 관찰자야. 난 그걸 받아들이게 됐어. 왜냐하면 그게 날 훌륭한 사진가로 만드니까. 내가 친구라든가 뭐 그런 걸 원하지 않는다는 게 아냐. 하지만 그런 것들이 날 정의하는 건 아냐. 이해해?"

조이스는 자기가 그 말을 제대로 이해했는지 확신할 수 없었지만, 샘의 말에 중요한 무언가가 있다는 걸 느꼈다. 무엇이 나를 정의할까? 조이스는 궁금했다.

"내 생각에 어떤 사람들은 일찌감치 자아를 찾는 것 같아. 어떤 사람들은 좀 더 오래 걸리고."

샘이 입술을 달싹거렸다. 그러고 있으니 샘의 입술이 더 붉고 바싹 말라 보였다.

"입술크림 줄까?"

조이스가 가방을 뒤지며 묻자, 샘의 얼굴이 붉게 물들었다. 그걸 숨기려는 듯 샘은 잠깐 입을 꽉 다물었다.

"아니, 괜찮아. 여기서 좌회전이지?"

조이스는 목을 길게 빼고 여기가 어딘지 내다보았다.

"어, 아니, 다음 상가야. 전부 비슷비슷해, 그치?"

"그래. 좀 그렇긴 해."

조이스는 앞을 가리켰다.

"저기서 좌회전."

샘은 왼쪽 깜빡이를 켜고 조심스레 주차장으로 차를 몰았다.

"그냥 요 앞에 세워줘도 돼."

조이스는 몸을 곧추세웠다. 앤디가 식당 앞문에서 뒷문으로 후다닥 달려가는 게 보였다. 앤디조차 저렇게 허둥대고 있으니, 오늘 저녁은 아주 힘든 시간이 될 것이다. 조이스는 일을 시작할 엄두가 안 났다.

샘은 식당 앞에 차를 세웠다.

"우리 엄마가 전에 너희 식당 일러줬는데, 여기선 한 번도 식사 안 해봤네."

"정말?"

조이스는 가방을 들어올리며 말했다.

"신 아줌마네 가니?"

샘은 미안한 듯 대답했다.

"응. 그 아줌마가 우리 친척이라는데, 정확한 관계는 잘 모르겠어.

알지, 그런 거?"

조이스는 고개를 끄덕였다. 모두가 이 코리아타운에서는 다른 사람들과 어느 정도 얽혀 있다.

"고마워, 샘."

조이스는 자리에서 몸을 돌렸다.

"별 말씀을. 덕분에 운전 잘했어."

"아니, 내 말은 네가 아까 얘기했던 거 말이야."

샘은 어깨를 으쓱해 보였다.

"너무 힘들어하지 마. 너도 곧 알게 될 거야."

"들어가서 뭣 좀 먹고 갈래? 엄마가 안 계셔서 맛은 없을 거야. 그래도 나, 비빔밥 만들 줄 알아."

샘은 잠깐 생각하더니 시동을 껐다.

"좋아."

샘은 뒷좌석으로 돌아가 카메라를 들었다.

둘은 식당으로 들어섰다. 들어서자마자 앤디의 찢어질 것 같은 비명이 뒤에서 들려왔다.

"싫어, 안 된단 말이야!"

조이스는 웃음을 참으려 애썼다.

"정신 나간 내 동생이 다시 위기를 맞고 있나 봐."

샘은 씩 웃으며 얼굴 위로 카메라를 들어올렸다.

"사진 좀 찍어도 돼?"

"물론이지."

조이스는 테이블 하나를 가리켰다.

"다 찍고 저기 앉아. 금방 올게."

조이스가 주방으로 들어가니 아빠가 뒤쪽 화장실 문에 서 있고, 지나 엄마는 파를 부리나케 썰고 있었다. 헬렌은 어디에도 보이지 않았다.

"무슨 일이야?"

지나 엄마가 칼로 아빠를 가리켰다. 그러자 아빠가 손으로 화장실 문을 가리켰다.

앤디가 조이스의 목소리를 듣고 문을 빼꼼 내밀었다.

"누나, 도와줘."

앤디가 소리쳤다.

조이스는 앤디에게 걸어갔다.

"나올 수 있지?"

"안 돼."

"앤디가 사고 쳤다."

아빠가 속삭였다.

"내가 안 그랬어."

앤디가 부르짖었다.

"음, 일단 나와. 누나가 도와줄 테니까."

"약속해. 웃지 않겠다고."

조이스는 고개를 끄덕였다. 그러자 앤디가 화장실에서 살그머니 모습을 드러냈다.

앤디가 조이스 앞에 서더니 몸을 옆으로 돌렸다. 카키색 바지 전체가 이상한, 짙은 겨자색 얼룩으로 뒤범벅되어 있었다. 조이스는 얼른 손을 입에 갖다댔다.

"앤디, 구역질나!"

앤디가 끙끙거렸다.

"누나가 생각하는 거 아냐. 똥 싼 거 아냐. 진짜야. 그냥 새어나오는 거야. 배가 이상해."

"뭐? 배? 오늘 뭐 먹었는데?"

겁을 잔뜩 집어 먹은 앤디의 눈이 왕방울만 해졌다.

"상어 간 알약!"

10장

손님맞이 전쟁

"마이클이 날 완전히 망쳐놨어!"

앤디는 숨이라도 넘어갈 것처럼 으르렁거리며 화장실 문을 움켜잡았다.

"참나, 말도 안 되는 소리 하지 마."

조이스는 앤디의 바지를 뚫어져라 바라보았다.

"야, 집에 가서 옷이나 갈아입어."

아빠는 고개를 절레절레 저었다.

"헬렌이 아직 안 왔다. 30분 있으면 단체 예약 손님이 몰려들 텐데."

"언니는 언제 오는데요?"

아빠는 시계를 들여다보았다.

"한 시간은 있어야겠는걸."

"제 시간에 난 다 못 해요!"

지나 엄마가 소리쳤다.

아빠는 지나 엄마에게 어기적어기적 다가갔다.

"괜찮아요, 지나 엄마. 내가 도와줄게요."

"아니, 아니에요, 사장님. 다리도 아픈데 좀 쉬셔야죠."

"누가 나 좀 집에 데려다줘!"

앤디가 울부짖었다.

"아무것도 만지지 마."

조이스는 앤디에게 앞치마 두어 장을 던졌다.

"화장실에 들어가서 나오지 마. 언니가 오면 데려다줄 거야."

앤디는 울긋불긋한 앞치마에 몸을 쑤셔 넣었다. 앞치마 한 장은 앞에, 한 장은 뒤에. 그러고는 화장실 문을 닫으며 고함쳤다.

"후안한테는 아무 말도 하지 마!"

조이스는 금전등록기가 있는 계산대로 가서 전화기를 집어 들고 지나의 번호를 눌렀다. 지나가 전화 받기를 기다리는 동안, 조이스는 샘이 앉아 있는 테이블을 보며 말했다.

"미안, 샘. 총체적인 가족 위기에 빠졌어."

자동응답기의 메시지가 흘러나왔다.

조이스는 메시지를 남겼다.

"야, 식당으로 빨리 와. 위급상황이야."

"내가 좀 도와줄까?"

샘이 다가오며 물었다.

조이스는 전화기를 내려놓았다.

"식구들이 전부 다 다치고, 아프고, 실종됐어."

"듣기 좋은 소리는 아니네."

조이스는 뭘 해야 할지 몰라 머리를 쥐고 마구 흔들었다. 아빠는 발목을 삐어서 주방에서는 아무런 도움이 되지 못한다. 차라리 계산 대에 앉아 있는 게 낫다. 앤디는 일을 시킬 수가 없다. 결국, 조이스와 지나 엄마뿐이다. 헬렌은 대체 어디 있는 거야? 조이스는 전화기를 들고 헬렌의 휴대전화 번호를 눌렀다. 곧장 소리샘으로 연결됐다. 조이스는 전화기를 쾅 내려놓았다.

"정말 내가 도와줄 거 없어?"

조이스는 샘을 물끄러미 바라보았다.

"전에 서빙 해본 적 있어?"

"아니……."

샘이 주춤 뒤로 물러서며 말을 이었다.

"차 태워주기나 접시 닦기라면 몰라도, 서빙은 좀 곤란해."

조이스는 계산대 뒤에서 나와 샘에게 다가갔다.

"제발, 샘. 아주 잠깐만. 우리 언니 올 때까지만. 그 다음엔 내 동생 좀 집으로 데려다줘."

"안 돼, 조이스."

샘이 팔짱을 끼며 말했다.

"좀 도와줘, 샘. 제발, 제발, 응? 내가 뭐든 해줄게."

"뭐든?"

샘이 사진 찍을 때처럼 조이스를 바라보았다.

"음, 다는 아니고. 옷은 입고 있어야겠지."

"야, 잠깐만. 넌 내가 무슨 사진 찍는 사람이라고 생각하는 거야? 이상한 상상 하지 마."

조이스는 당황한 것처럼 보이지 않으려 애썼다.

"걱정 마, 조이스. 난 그런 사진은 안 찍으니까. 그래도 얼굴 사진은 찍고 싶어. 네 얼굴 사진."

조이스는 씩 웃었다.

"그러니까 서빙 해줄 거지?"

샘은 시선을 돌린 채 카메라 렌즈 뚜껑을 만지작거렸다. 조이스는 고양이가 야옹거리듯 소리 없이 '제발, 제발, 제발' 속으로 노래를 불렀다.

결국 샘은 목에 둘렀던 카메라를 벗어 계산대 위에 올려놓았다.

"알았어."

저녁 단체 예약 손님이 도착하기 시작할 즈음, 샘은 울긋불긋한 아리랑 앞치마를 두른 채 주문지와 펜을 들고 서 있었다. 계산대에 앉은 아빠가 샘에게 지시했다.

"손님이 뭐라고 하든 무조건 받아 적어. 그럼 나머지는 우리가 알아서 할게. 또 궁금한 거 있으면 우리 아빠한테 물어봐."

조이스는 주방으로 다시 뛰어가며 말했다.

지나 엄마가 가스레인지와 그릴을 맡고 조이스는 반찬 준비, 야채 썰기 등 잡다한 일을 맡았다.

샘이 주방으로 와서 주문지에 쓴 것을 유심히 들여다보며 음식 이름을 불렀다. 그중 몇 개는 약간의 예외가 있는 특별 주문이었다.

"그리고 어떤 사람이 불고기에 파를 빼달라고 했어."

"하나만? 다른 사람은 다 파 넣고?"

샘이 고개를 끄덕였다.

"응. 하나만."

"괜찮겠어?"

조이스는 반찬이 담긴 쟁반을 건네며 물었다. 샘은 주문지를 앞치마 주머니에 밀어 넣고는 쟁반을 받아들었다.

"뭐 그럭저럭. 아직 떨어뜨린 건 없잖아."

샘은 양손으로 쟁반을 단단히 잡고 천천히 몸을 돌려 주방을 빠져나갔다.

그사이, 후안이 여느 때처럼 제시간에 도착해 커다란 개수대에 자리 잡고 접시 닦을 채비를 했다.

"앤디? 돈데 에스따?(스페인어로 '어디 있어?' 라는 뜻:옮긴이)"

조이스는 손으로 화장실을 가리켰다. 그러고는 단체 손님들이 따로 주문한 양념을 찾아 헤맸다.

"아줌마, 고춧가루 어디 있어요?"

조이스가 소리치자, 지나 엄마가 허공에 대고 혀를 쑥 내밀었다.

"냉장고 위 선반."

조이스는 냉장고 위를 올려다보았다.

"주방에서 제일 많이 사용하는 양념은 손닿기 쉬운 곳에 둬야 하는 거 아닌가요?"

조이스는 의자 하나를 잡아 냉장고 쪽으로 끌어당기며 말했다. 하지만 지나 엄마는 조이스의 말을 못 들은 척, 그릴 위의 고기 굽는 일에만 매달렸다.

조이스는 의자 위에 올라가 투명 비닐봉지에 손을 뻗었다. 손가락이 조금 못 미쳤다. 조이스는 발꿈치를 들고 몸을 쭉 뻗었다.

"조심해."

돌아보니 지나가 의자 등받이를 움켜쥐고 있었다.

"살았다. 이제 왔구나."

"그래, 왔다. 근데 나만 온 게 아냐. 단체 손님이 누군지 봤어?"

조이스는 고춧가루를 집으려고 몸을 다시 돌렸다.

"숨 쉴 틈도 없어."

가운뎃손가락에 봉투 끝이 살짝 닿았다. 조이스는 손을 더 쭉 뻗었다.

"존 포드 강."

조이스가 두 손으로 비닐봉지를 움켜쥐려는 순간, 그 이름이 귀를 후벼 파고 들어왔다.

"뭐!"

조이스는 비명을 지르며 몸을 휙 돌렸다. 고춧가루 봉지를 머리 위로 치켜든 조이스의 두 손이 두려움과 흥분으로 떨었다.

순간 조이스가 균형을 잃고 의자에서 쿵 떨어졌다. 고춧가루가 머리 위에서 비처럼 쏟아져 내렸다.

"내 눈!"

조이스는 비닐봉지를 바닥에 떨어뜨리고 얼굴에 손을 갖다댔다.

"이런! 봉지가 열려 있었어."

지나가 조이스를 얼른 개수대로 데려갔다.

"아, 따가워, 따가워."

조이스는 낑낑대며 개수대로 몸을 기울였다. 따뜻한 물이 얼굴을 씻어 내렸다. 조이스는 눈을 닦았다. 하지만 더 따갑기만 했다.

"소용없어!"

"눈 감고 비누로 세수해."

지나가 조이스에게 비누를 건넸다.

조이스는 비누로 얼굴을 씻은 뒤 차가운 물로 헹궈냈다. 지나가 건네준 깨끗한 행주로 눈을 꼭 감은 채 눈두덩을 톡톡 두드렸다. 잠시 뒤 불에 댄 것 같은 느낌이 잦아들자 조이스는 눈꺼풀을 조심조심 들어올렸다. 눈물이 터져 나왔다.

"괜찮아?"

지나가 물었다.

조이스는 손으로 눈물을 닦아냈다.

"운 모멘또(잠깐)!"

후안이 조이스를 향해 소리쳤다. 그리고는 개수대로 가서 손과 팔을 다시 씻으라고 손짓했다.

조이스는 고개를 끄덕여 보이고 후안의 말대로 한 번 더 씻었다.

"그 애 이름이 이렇게 대단한 반응을 불러일으킬 줄은 몰랐네."

지나가 말했다.

"너무 아파."

조이스는 손으로 뺨에 묻은 눈물을 닦아냈다.

"그라시아스(고마워), 후안."

후안이 터져 나오려는 웃음을 애써 참으며 말했다.

"무이 깔리엔떼(화끈하군)."

그러고는 손사래를 치며 몸에 불이 붙은 흉내를 냈다.

조이스는 흠뻑 젖은 옷을 내려다보았다. 축축한 머리칼이 뺨에 달라붙었다. 게다가 눈물이 그치질 않았다.

"나 어떡해? 밖에 존 포드 강 있는 거 확실해?"

지나가 고개를 끄덕였다.

"이 꼴로 그 애를 어떻게 봐?"

"뭐, 그래도 마스카라는 방수잖아."

지나가 바짝 다가와 조이스의 얼굴을 들여다보았다.

"벌써 지워버리지 않았다면 말이야."

조이스는 지나의 예리한 눈초리에 주춤 물러섰다.

"가려워 미치겠더라구."

지나가 손을 뚝 떨어뜨렸다.

"조이스, 넌 왜 그 모양이니? 그걸 왜 지워?"

그때 지나 엄마가 소리쳤다.

"고춧가루 좀 줄래!"

지나가 바닥에 떨어진 비닐봉지를 주워 엄마에게 갖다주는 사이,

조이스는 화장실로 달려갔다. 문이 아직도 잠겨 있었다. 조이스는 주먹으로 문을 쾅쾅 두드렸다.

"문 좀 열어, 앤디."

"싫어."

"문 안 열면, 바지에 똥 쌌다고 소리칠 거야."

문이 열렸다.

조이스는 화장실 안으로 걸어 들어갔다. 앤디는 변기 위에 다시 앉았다. 여전히 앞치마를 두른 채였다.

"밖에 무슨 일 있었어?"

앤디의 말을 못 들은 체하고 조이스는 거울 속을 들여다보았다. 눈이 퉁퉁 붓고 아주 심한 꽃가루 알레르기에 걸린 것처럼 시뻘겠다. 게다가 머리카락도 엉망진창이었다.

왜 화장을 지워버렸을까? 조이스는 한숨을 쉬었다. 화장을 하고 백화점 안을 걸을 때는 얼마나 자신감이 넘쳤는지 모른다. 눈 화장을 하니 훨씬 멋져 보였는데.

조이스는 몸을 돌려 문을 열었다.

"언제, 누가 집에다 데려다줄 거야?"

앤디가 뒤에서 볼멘소리를 했다.

"좀 기다려봐."

조이스가 화장실에서 나와 보니 지나가 자기 엄마를 돕고 있었다.

샘이 텅 빈 쟁반을 들고 주방으로 허겁지겁 달려왔다.

"찌개 빨리 달래!"

지나가 국자를 들고 스토브 뒤에 놓인 커다란 찌개 통으로 다가갔다. 샘은 쟁반을 내밀고 기다렸다.

조이스는 주방과 홀 사이에 있는 통로로 다가가 밖을 빼꼼 내다보았다. 구석의 커다란 테이블에 여덟 명이 앉아 있었다. 그 애가 등을 돌리고 있는 데다 눈이 따끔거려 제대로 보이지 않았지만, 조이스는 존 포드 강을 바로 알아볼 수 있었다. 완벽한 역삼각형의 상체에 웨이브 진 갈색 머리칼, 반팔 소매 끝을 꽉 조이는 삼두박근.

조이스는 문틀을 꽉 움켜잡았다.

"존이야."

샘이 내민 쟁반에 찌개 그릇을 놓고 있던 지나가 고개를 들었다.

"내 식별능력을 의심했단 말이야?"

쟁반에 그릇이 다 놓이자 샘은 천천히 식당으로 향했다.

"그 애가 누군지 모르겠지만, 그 사람들 진짜 이것저것 까다롭게 구네."

찌개를 들고 나가며 샘이 투덜거렸다.

"나 어떡하지?"

조이스는 종종걸음으로 테이블로 다가가는 샘을 보며 물었다.

"그냥 가서 '안녕, 우리 식당에서 밥 먹는구나', 그렇게 말하면 되잖아."

조이스는 지나를 향해 돌아섰다.

"내 꼴을 좀 봐! 이 꼴로 저 애를 어떻게 보라고?"

"화장을 싹 지워버리지 않았다면 그럴 수 있었겠지!"

조이스는 눈가에 남은 눈물 자국을 마저 지워냈다.

"고춧가루 참사만 아니었어도……."

지나가 한숨을 푹 쉬었다.

"그래. 음, 그래도 인사는 할 수 있잖아."

국물 한 방울 흘리지 않고 조심조심 쟁반을 들고 간 샘이 존의 할머니로 보이는 가장 나이 많은 여자 앞에 찌개를 내려놓은 뒤, 주방으로 다시 걸어왔다.

"저 앤 누군데?"

샘이 주방으로 들어서며 물었다.

"조이스가 홀딱 빠져 전전긍긍하는 학교 친구."

지나가 답했다.

조이스는 오락가락하며 중얼거렸다.

"나 어쩌지? 가서 뭐라고 말하지? 이건 연습한 적이 없어."

"눈에 얼음찜질을 좀 해야겠다. 머리도 말리고. 그럼 괜찮아 보일 거야."

지나가 말했다.

조이스는 젖은 머리칼을 만져보았다.

"진짜? 정말이지?"

지나는 냉장고로 가서 냉동 콩 봉지를 꺼냈다. 그걸 조이스에게 건네고는 불가로 다가갔다.

"스토브를 켜줄 테니까 넌 불 가까이에 서 있어. 그럼 내가 그 열로 웨이브를……."

샘이 앞으로 다가오며 손을 마구 휘저었다.

"잠깐, 내가 꼭 잔소리해야 되겠어? 머리카락에 불이라도 붙으면 어쩌려고?"

지나가 스토브를 껐다.

"어서, 조이스. 이건 기회야. 드디어 그 애한테 널 확실히 알릴 수 있는 좋은 기회라구."

조이스는 콩 봉지를 들고 서서 잠시 어찌해야 할지 고민했다.

"그러지 마, 조이스."

샘이 차분한 목소리로 말했다.

조이스는 어찌할까 생각하며 손등을 깨물었다.

지나가 끼어들었다.

"존 포드 강."

그 세 마디 말에 최면이라도 걸린 듯, 조이스는 불가로 발을 질질 끌며 다가갔다. 열기가 확 일며 얼굴을 강타했다. 지나가 조이스의 뺨에 달라붙은 머리채를 들어올려주었다.

샘이 허리춤에서 앞치마를 풀고 테이블 위에 내려놓았다.

"알았어, 조이스. 넌 더 이상 내 도움이 필요 없구나."

그러고는 화장실 문을 두드렸다.

"집에 가자, 앤디."

"살았다!"

앤디가 화장실에서 튀어나오며 외쳤다.

"오늘 고마웠어, 샘."

조이스는 앤디를 데리고 뒷문으로 주방을 빠져나가는 샘에게 소리쳤다. 그러고는 지나에게 물었다.

"머리 다 말랐어?"

"진행 중이야. 콩 봉지나 눈에 얹어."

조이스는 손을 들어올려 머리칼을 확인해보았다. 놀랍게도 훨씬 많이 말라 있었다. 조이스는 머리를 살짝 뒤로 젖히고 냉동 콩 봉지를 눈 위에 올려놓았다.

머리 말리기를 거의 마칠 즈음, 누군가 뒷문으로 주방에 들어오는 소리가 들렸다.

"너희들, 여기서 뭐 하니?"

헬렌이 물었다.

"신경 끄셔! 핸드폰은 왜 꺼두는데?"

조이스는 눈을 감은 채 말했다.

헬렌이 혀를 찼다.

"어머, 미안해. 모임 끝나고 다시 켜려고 했는데……."

"언니가 딴 짓 하는 동안 우린 난리가 났었다구."

조이스가 콩 봉지를 내리고 헬렌에게 다가서려는데, 지나가 조이스의 머리끝을 움켜쥐고 뒤로 잡아당겼다.

"조금만 더."

그러면서 조이스의 머리에 뜨거운 열을 가했다.

"무슨 일 있었어?"

헬렌이 창고에 가방을 내려놓으며 물었다.

"앤디가 그 상어 간 알약 땜에 설사병이 났어. 홀을 맡을 사람이 아무도 없는데, 저녁 단체 손님이 일찍 들이닥쳤단 말이야."

헬렌은 허리에 앞치마를 둘렀다.

"아빠가 그랬단 말이야, 저녁까지 잠잠할 거라고. 그때만 해도 저녁 예약 손님은 없었는데."

"그래, 오늘은 계획대로 되는 게 전혀 없었어. 게다가 언니도 없고."

헬렌은 머리카락을 뒤로 질끈 묶어 올렸다.

"통화가 안 돼서 정말 미안해. 이제부턴 내가 저녁 손님 맡을게. 그나저나 너네 둘이 지금 뭘 하고 있는 건지 모르겠다. 얼마나 정신이 없었는지 몰라도, 불 위에서 머리를 만지는 게 어쨌든 제대로 하는 짓 같진 않아."

조이스는 언니를 노려보았다.

"부탁 하나 할까? 그 입 좀 다무시지!"

헬렌은 아무 말 없이 주방을 걸어 나갔다.

"얼른, 지나. 머리 다 안 말라도 돼."

"알았어, 알았어."

그제야 지나가 조이스를 놓아주었다.

"나 어때?"

지나는 조이스의 눈을 살펴보더니 엄지손가락을 치켜올렸다.

"내놓을 만해."

"내놓는다고? 그건 뭔 말이야?"

조이스는 여전히 걱정스러웠다.

지나가 조이스를 살짝 떠밀었다.

"과잉 분석 그만하고, 저 사람들 떠나기 전에 얼른 나가보셔."

조이스는 한숨을 몰아쉬고 문가로 걸어갔다.

헬렌과 존이 식당 문 앞에서 서로 안으며 인사를 주고받고 있었다. 너무 멀리 떨어져 있어 들을 수는 없었지만, 존이 헬렌을 가리킬 때 존 아빠가 헬렌 얼굴을 유심히 바라보는 걸 조이스는 알아볼 수 있었다. 헬렌은 살짝 미소를 머금고 있는데 부끄러워하는 것 같았다.

존 아빠가 나가려고 유리문을 밀자 헬렌은 두 손을 앞에 모으고 허리 숙여 인사했다. 존은 아빠를 따라 식당을 빠져나가며 손을 흔들었다. 나머지 일행도 인사하고 한 명씩 빠져나갔다.

조이스는 멍하니 돌아섰다. 자기 엄마를 돕던 지나가 그걸 보고 즉시 달려왔다.

"무슨 일이야? 밖에 나간 줄 알았는데."

지나가 조이스의 어깨에 팔을 두르며 말했다.

"난 언니가 싫어."

조이스는 지나의 팔을 확 떨쳐버렸다.

11장
슬픈 맞선

조이스와 지나는 창고의 커다란 쌀자루 위에 앉았다. 헬렌과 존이 어떻게 아는 사이가 되었는지 궁금하기는 지나도 마찬가지였다.

"확실히 둘이 서로 껴안으면서 인사했어?"

지나가 다시 물었다.

조이스는 침통한 표정으로 시멘트 바닥을 내려다보았다.

"응."

지나가 고개를 저었다.

"너희 언니랑 존이 친구인데 넌 몰랐다고?"

조이스는 훌쩍거렸다.

"그 얘기 그만하자. 둘이 서로 어찌 알든 난 신경 안 써. 이번에도 난 또 밀렸어. 존이 언니를 안다면 뭐 하러 나랑 사귀고 싶겠니?"

조이스는 형광등을 올려다보았다.

"못생긴 여동생으로 사는 거 싫어."

"야, 잠깐만. 그만 좀 까칠하게 굴어. 누가 너보고 못생긴 여동생이래? 기운 내, 조이스."

조이스는 얼굴을 일그러뜨리며 말했다.

"사실인걸 뭐. 언니는 나보다 훨씬 예쁘고 모든 면에서 뛰어나."

지나가 일어섰다.

"아니, 그렇지 않아, 조이스. 난 헬렌 언니가 모든 면에서 너보다 낫다고 생각하지 않아."

지나는 창고를 훑어보며 말했다.

"어디 있지?"

지나는 선반으로 껑충 다가가 큼지막한 흰색 행주를 들어올렸다. 그리고는 그 행주를 대각선으로 접어 머리 위에 얹고, 끝자락을 턱 아래 묶었다.

조이스는 지나를 멍하니 바라보았다. 꼭 밭에서 일하는 마음씨 좋은 시골 소녀 같았다.

지나는 허공을 가리켰다.

"봐, 고질라(괴수 영화 〈고질라〉의 주인공 캐릭터:옮긴이)야!"

조이스는 웃기는커녕 얼굴만 더 찌푸렸다.

지나는 눈을 크게 뜨고 입을 커다랗게 벌렸다.

"오, 안 돼. 고질라가 우리 집을 부수고 있어!"

조이스의 얼굴에 슬슬 힘이 풀리더니 한쪽 입술이 일그러지기 시작했다.

지나는 조이스를 흘끗 바라보고는 그 좁은 창고를 껑충껑충 뛰어다니며 자기 뺨을 찰싹찰싹 두드렸다.

"제발, 제발요. 구해주세요."

조이스는 설핏 미소를 흘리다 마침내 깔깔 웃음을 터뜨렸다.

"고질라, 날 잡아먹지 마세요! 아!"

지나가 기절한 척 바닥에 허물어져 내렸다.

"으이쿠, 넌 정말 얼간이야."

조이스의 말에 지나가 눈을 떴다.

"그래, 하지만 난 너의 얼간이라구."

그러고는 몸을 일으켜 자리에 앉았다.

"어떻게 헬렌 언니가 전부 다 너보다 나을 수 있냐? 언니한테 나 같은 절친이 있어? 어?"

지나는 그러면서 자기 자신을 가리켰다.

조이스는 손을 내밀었다.

"나만 완전 최고 절친이 있지."

조이스는 쌀자루 위에 같이 앉게 지나의 몸을 끌어당겼다.

"넌 내 최고 얼간이야."

지나가 어깨를 쾅 부딪쳤다.

"엄청 고맙네!"

하지만 조이스는 다시 비참한 기분이 들었다.

"둘이 왜 껴안았는지 이해가 안 돼."

"걱정 마. 존은 어떤 멍청한 클럽에서 우연히 언니를 만났을 거야."

"하지만 이제 언니가 어디서 일하는지 알게 됐잖아. 계속 언니를 보고 싶어 할 거 아냐!"

조이스는 발뒤꿈치로 쌀자루를 툭툭 차며 말했다.

"그건 모르는 일이야, 조이스. 그냥 언니한테 말해. 존에 대해 물어봐."

"알고 싶지 않아."

"아냐, 넌 알고 싶어."

"언니는 원하는 건 뭐든 다 가져."

"그렇게 부정적으로 보지 마."

"사실을 말하고 있는 것뿐이야."

"언니가 뭐 하러 고등학생이랑 사귀고 싶겠냐? 네가 존한테 흠뻑 빠졌다 해서, 다른 사람들도 다 존한테 침을 질질 흘리는 건 아니야. 날 봐."

지나는 자기 자신을 가리켰다.

"그 희한한 연갈색 머리, 그 비틀비틀 걷는 걸음걸이에 난 전혀 무감각하잖아."

"존의 머리는 고동색이야. 그리고 걔는 그렇게 걸을 수밖에 없어. 근육 때문에. 서핑하려면 힘이 많이 들어가잖아."

지나는 조이스를 빤히 쳐다보았다.

조이스는 한숨을 쉬었다. 지나가 정확히 짚었다. 존은 언니보다 어리다. 또 존이 언니를 좋아한다 해서 언니도 존을 좋아하리라는 법은 없다. 모두가 조이스만큼 존 포드 강한테 푹 빠지는 건 아닐 거다.

"그래, 네 말이 맞아. 가자, 나가서 식당 일 도와줘야지."

조이스는 자리에서 일어서며 말했다.

"함께 일하면 재밌겠다. 내가 네 뒤를 맡을게."

지나가 팔짱을 끼며 말했다.

"고마워."

조이스는 씩 웃었다.

***

조이스가 헬렌과 얘기할 시간을 갖기도 전에 저녁 손님들이 몰려들기 시작했다. 지나와 조이스는 부지런히 움직여 자리를 안내하고 반찬을 나르고 주문을 받았다.

저녁 피크 시간, 빈자리 없이 손님이 거의 다 찼을 무렵, 고모가 파란색 양복을 입은 젊은 남자와 함께 식당으로 걸어 들어왔다. 두 사람이 문가에 서 있는 걸 보는 순간, 조이스는 하마터면 밥, 불고기, 잡채를 담은 쟁반을 떨어뜨릴 뻔했다.

아빠가 보던 책을 계산대 아래로 얼른 숨겨두고 절뚝거리며 앞으로 나왔다. 그러고는 고개 숙여 인사하며 손님을 맞았다.

"조이스."

고모가 손을 흔들었다.

"잠깐만요, 고모."

조이스는 다섯 식구가 앉아 있는 테이블에 음식을 내려놓았다. 다 제자리에 잘 놓고서 조이스는 재빨리 아빠, 고모 그리고 손님에게로 다가갔다.

"조이스, 이분은 미스터 문이다."

조이스가 고개 숙여 인사하자 고모가 말했다. 그 남자를 소개할 때 고모의 미소가 마구 뒤틀렸다.

"미스터 문, 우리 둘째 조카예요. 이름은 조이스고."

"안녕하세요."

미스터 문이 한국말로 인사하며 고개를 숙였다.

다시 몸을 일으켰을 때 보니, 그 남자는 약간 사각턱이긴 해도 호감 가는 이목구비를 갖고 있었다. 조이스는 왜 고모가 이 남자와 함께 식사를 하려는지 궁금했다. 고모는 보통 친구들, 그러니까 은행원처럼 보이는 젊은 남자가 아니라 고모 나이 또래의 교회 친구들을 식당으로 데리고 온다.

조이스는 다시 허리 숙여 인사하며 인사말을 중얼거렸다.

고모는 조이스의 팔꿈치를 어루만지며 소곤거렸다.

"네 언니 어디 있냐?"

"지나 엄마랑 주방에 있어요."

조이스도 소곤소곤 대답했다. 뒤에서 기다리던 커플 손님이 짜증스레 얼굴을 찡그리는 게 보였다.

"우선 여기 손님 자리 좀 안내하고 언니한테 나오라고 할게요, 고모."

고모는 어깨 너머 커플을 흘끗 넘겨다보더니 말했다.

"미스터 문하고 나, 여기 밥 먹으러 왔다. 우린 저기 앉으마."

그러고는 마지막 남은 빈자리 한 곳을 가리켰다.

조이스와 아빠가 미처 말리기도 전, 고모는 미스터 문을 그쪽으로 이끌었다. 조이스는 숨을 크게 쉬며 고개를 절레절레 흔들었다. 아빠가 몸을 돌려 짜증내는 두 손님에게 사과하려 했지만, 두 사람은 벌써 문을 향해 걸어가고 있었다. 조이스는 주방으로 향했고, 아빠는 절름거리며 고모에게 가 주문을 받았다.

헬렌과 지나 엄마는 주방에서 서로 손발이 아주 짝짝 맞게 움직였다. 조이스가 아까 주방에서 일했을 때처럼 허둥대지도, 주방을 가로지르며 마구 소리치지도 않았다.

"거의 다 됐어."

헬렌은 두부조림을 접시에 담고 그 위에 양념을 끼얹었다. 그러고는 접시를 조이스에게 건넸다.

"고모가 미스터 문이라는 남자랑 같이 저기 와 있어."

조이스는 접시를 받으며 말했다.

"누구?"

헬렌은 당황한 표정을 지었다.

조이스는 어깨를 으쓱해 보였다.

"미스터 문. 고모가 언니 나오래."

헬렌은 한숨을 쉬었다.

"고모한테 전해줘. 30분 정도 있다 가겠다고."

“내가 주방 맡을 테니까 지금 가봐.”

“안 돼!”

헬렌과 지나 엄마가 동시에 대답했다.

“알았어.”

조이스는 얼굴을 잔뜩 찌푸린 채 접시를 들고 나갔다. 음식을 갖다주는 길에 미스터 문과 고모의 테이블에 들러 주방 일이 좀 한가해지면 언니가 곧 나올 거라고 말해주었다. 그러자 고모의 코에 불쾌한 주름이 살짝 잡혔다. 코야말로 고모 얼굴에서 진짜로 움직이는 유일한 부분이다. 하지만 미스터 문은 기다리는 게 아무렇지도 않다는 표정이었다. 조이스는 그 남자가 고모에게 말하면서도 곁눈질로 자기 얼굴을 구석구석 살펴보는 걸 눈치 챘다.

“차하고 물 좀 내와라.”

조이스가 막 돌아서려는데 고모가 말했다.

조이스는 혼자 식사하는 나이 든 신사에게 두부조림을 갖다주고 나서 음료를 준비하러 계산대 뒤 정수기로 갔다.

지나가 조이스에게 다가와 물병 하나를 집으며 소곤거렸다.

“저 남자 누구야?”

“몰라.”

얼음 넣은 물컵을 채우며 조이스도 소곤소곤 말을 이었다.

“좀 딱딱해 보여. 은행원인 거 같아. 아마 고모 복권 당첨금을 관리하겠지.”

지나는 흘끗 그 남자를 넘겨다보았다.

"분명 은행원은 아니야. 차라리 무슨 판매사원 같은데."

조이스는 찻잔 두 개를 잡고 따뜻한 보리차를 부었다.

"어떻게 알아?"

"저 구두 좀 봐. 파란색 양복에 갈색 구두. 게다가 굽이 엄청 닳았어. 분명 영업 일을 할 거야. 그렇게 잘나가는 곳도 아닐 것 같아."

그렇게 말하고 지나는 손님에게 물병을 갖다주러 식당으로 나갔다. 조이스는 지나의 추리력에 새삼 감탄하며 고개를 저었다. 지나는 CIA 같은 첩보기관에서 일해도 될 거다.

조이스는 찻잔과 물컵을 쟁반에 담아 들고 고모와 미스터 문에게 갔다. 미스터 문은 고모가 하는 말을 들으며 고개를 끄덕이고 있었다.

"조이스. 언니한테 다시 전해라. 잠깐 나와서 인사라도 하라고."

"네, 고모."

조이스는 다시 주방으로 향했다.

아빠는 의자에 앉아 계산을 마무리하면서 얼굴 가득 걱정스러운 표정으로 고모와 미스터 문을 건너다보았다.

"언니."

조이스는 주방 입구에 대고 소리쳤다.

"고모가 나와서 인사라도 하래."

헬렌은 김치통에서 젓가락을 꺼냈다. 얼굴이 배추에 달라붙은 매운 고추양념만큼이나 새빨개졌다. 헬렌은 젓가락을 내려놓고 조이스를 따라 식당으로 나갔다. 아빠가 계산서를 들어올리자, 조이스는 그걸 받아 식당을 나갈 채비를 하는 가족에게 갖다주었다. 헬렌은 고모와 미스터 문의 자리로 향했다.

"감사합니다."

조이스는 손님에게 계산서를 내밀고 텅 빈 접시들을 치웠다. 설거지 짓거리를 후안에게 넘기려고 주방으로 돌아가면서 보니, 헬렌이 다가가자 미스터 문이 재빨리 자리에서 일어나 똑바로 섰다. 헬렌이 고개 숙여 인사하는데, 미스터 문이 작은 선물 상자를 내미는 바람에 헬렌 이마에 툭 부딪히고 말았다.

"아! 미안합니다."

미스터 문이 얼음이 든 물컵을 움켜잡았다.

헬렌이 얼굴을 찡그리며 살짝 뒤로 물러나니, 미스터 문이 갑자기 물컵을 헬렌의 이마에 갖다댔다. 컵 속의 물이 찔끔 헬렌의 앞치마 자락으로 쏟아져 내렸다.

"앉아요, 미스터 문."

고모가 큰 소리로 말했다.

"정말 죄송합니다."

미스터 문은 침울한 목소리로 사과하고 다시 자리에 앉았다.

고모는 몸을 앞으로 내밀어 미스터 문의 손에서 그 선물 상자를 낚아챘다.

"네 거다."

그러고는 그걸 헬렌에게 건넸다.

지나가 조이스와 스쳐 지나며 한쪽 눈을 치켜올렸다. 둘 다 터져 나오려는 웃음을 꾹 참았다.

조이스가 주방에서 나가려는데 헬렌이 서둘러 안으로 돌아왔다.

"그 남자 괜찮던데……."

조이스의 말에 헬렌의 얼굴이 화가 나 시퍼레졌다.

"나 이럴 시간 없어."

헬렌은 투덜거리며 급히 주방으로 향했다.

"누가 할 소린데?"

조이스는 헬렌의 등에 대고 한 마디 쏘아붙였다. 그러고는 아빠가 고모에게서 등을 돌린 채 몰래 책장을 넘기는 걸 보았다. 아빠는 요즘 추리소설에 지나치다 싶을 정도로 빠져 있었다.

한창 바쁜 저녁시간이 끝나갈 무렵, 고모와 미스터 문은 식사를 마치고 헬렌이 오기만을 참을성 있게 기다렸다. 아빠는 테이블 옆에 서서 미스터 문에게 질문을 퍼부었다. 그러는 동안 고모는 계속 아빠를 노려보았다.

"그러니까, 미스터 문은 결혼해 살림을 차리기 전에 여자들이 자기정체성을 탐구할 시간이 필요하다는 데 동의하지 않는 건가?"

미스터 문은 어찌할 바 모르겠다는 표정이었다.

"정체성요?"

"현대사회에서 아직도 그런 생각을 한단 말인가?"

"네?"

조이스가 지나쳐 가는데, 고모가 조이스의 손을 꽉 움켜쥐었다.

"가서 얼른 네 언니 데려와라."

"네, 고모."

조이스는 주방으로 서둘러 달려갔다. 헬렌이 얼른 와서 아빠가 더 이상 어슬렁거리지 못하게 말이다. 아빠는 어디서 그런 희한한 질문들을 알았을까?

"아줌마?"

조이스는 주방을 둘러보았다.

"언니 어디 있어요?"

지나 엄마가 그릴을 닦으며 턱짓으로 창고를 가리켰다.

조이스는 창고에 다가가 문가에 섰다. 아까 초저녁 조이스가 앉아 있던 바로 그 쌀자루 위에 헬렌이 앉아 있었다.

"언니, 뭐 해? 저녁 내내 언니 기다리고 있잖아."

"난 거기 못 가."

"왜?"

"그 사람, 나랑 데이트하러 온 거야. 날 데리고 가라오케나 뭐 그런 데 가고 싶어 할 게 뻔해."

헬렌의 비통한 목소리에 조이스는 씩 웃음이 나왔다.

"와! 저 사람, 그럼 선보러 온 거야?"

헬렌은 한숨을 쉬었다.

"그리 못생긴 편은 아니던데."

"어떻게 생겼든, 난 저 남자랑 같이 나가기 싫어."

헬렌은 썩은 콩 씹은 얼굴을 하고 있었다.

"그냥 데이트일 뿐이야."

남자가 여자를 만나고 싶어 하는 게 잘못된 건가? 조이스는 투덜거렸다.

헬렌의 고개가 훨씬 더 아래로 내려갔다.

"그래, 맞아. 처음엔 그냥 한 번 만나지. 그러고 나면 전화를 하기 시작하고, 저녁을 먹자고 할 테고, 잘 자라고 입을 맞추려 할 거야. 그러고 나면……."

헬렌은 앞치마 주머니에서 작은 보석상자를 꺼냈다.

"다들 그 이상을 원해."

전에는 헬렌이 저렇게 풀죽은 모습을 본 적이 없었다. 문제가 있는 사람은 언제나 조이스였는데. 헬렌이 아니라…….

헬렌은 상자를 만지작거리며 허공을 멍하니 바라보았다.

"아니면 스토킹을 시작하지. 휴대폰으로 전화하고, 일하는 곳에 불쑥 찾아와. 아까 그 남자애처럼……."

조이스는 고개를 확 치켜들었다.

"어떤 남자애?"

헬렌은 어깨를 움츠리더니 천천히 상자를 열었다.

"너희 학교 남자애. 학생회에서 일하는."

헬렌은 하트 모양의 장밋빛 보석 귀걸이를 꺼냈다. 그러고는 말을 이었다.

"그 애, 2학년 아니면 3학년일 거야. 내가 왜 동생 또래의 아이랑 데이트를 하겠니?"

"그 남자애 이름이 뭐야?"

그렇게 말하는 조이스의 심장은, 자전거로 학교로 가는 언덕 위에

다 올랐을 때처럼 마구 뛰어댔다.

"존."

"존 포드 강?"

헬렌은 조이스의 눈을 쳐다보았다.

"그럼 누구겠니? 너희 학교에 아시아계가 몇 명이나 된다고."

조이스는 소리 지르고 싶은 걸 꾹 참았다.

"존은 트윙키(twinkie. 겉은 노랗지만 속은 흰 크림이 차 있는 과자로, 스스로 백인처럼 느끼고 행동하는 아시아계를 일컫는 말:옮긴이)야. 바나나라구. 그 애가 왜 언니랑 사귀고 싶어 해? 그 애는 금발머리하고만 어울린다구!"

헬렌은 깜짝 놀라 주춤했다.

"진정해, 조이스. 내가 그 애랑 사귀고 싶다는 게 아니잖아. 그래도 그 애, 아주 형편없진 않아. 내 말은 그러니까 좀 '선수' 같더라. 그래도 늘 나한테 잘해줘. 한국인 친구들이랑 더 많이 어울리고 싶대. 그 애랑 말해봤니?"

"듣기 싫어! 그만해!"

조이스는 고함치며 헬렌한테 등을 돌렸다. 뭐라도 마구 던지고 싶었다. 창고를 부숴버리고 마구 욕을 퍼붓고 싶었다. 왜 모두 다 헬렌을 좋아하는 걸까? 왜 나는 안 되는 걸까? 조이스는 고개를 숙이고 울음을 참으려 아랫입술을 꽉 깨물었다. 헬렌한테는 절대 우는 모습을 보이지 않을 거다.

"괜찮아?"

헬렌이 물었다. 그러고는 조이스의 등을 조심스레 토닥였다.

"건드리지 마."

조이스는 헬렌의 손을 확 뿌리쳤다.

헬렌은 조용히 일어섰다.

"조이스, 말해봐. 무슨 일이니?"

"내버려둬!"

조이스는 고함쳤다.

"얘들아!"

헬렌과 조이스가 문가로 몸을 돌려 보니, 고모가 양손으로 손가방을 배 쪽에 꽉 움켜쥐고 서 있었다. 마치 주방 뒤에 살금살금 기어 다닐지 모르는 강도로부터 자신을 지키려는 것처럼.

"왜 이리 소란스러운 거냐? 헬렌, 미스터 문하고 난 저녁 내내 널 기다리고 있어. 손님 앞에서 날 창피하게 하지 마라."

헬렌은 고개를 숙였다.

"미스터 문은 꾹 참고 있다."

고모는 헬렌을 손짓으로 불렀다. 헬렌은 고모에게 걸어가 차분하게 말했다.

"죄송해요, 고모."

고모는 비탄에 빠진 헬렌의 얼굴을 물끄러미 바라보았다. 그러고는 머리를 쓰다듬어주며 헬렌의 기름 튄 앞치마를 잡았다.

"네가 어찌 보일까 신경 쓰여서 그래? 내 손가방에 화장품 있으니까 써도 돼. 하지만 그럴 필요까진 없을 것 같다. 앞치마나 벗어

라. 자, 그 귀고리는 어디 있니?"

헬렌은 주머니 안에서 작은 보석상자를 꺼냈다.

"귀고리 해라."

고모는 웃으며 말했다.

"자기가 선물한 걸 하면 미스터 문이 아주 좋아할 거다."

헬렌은 조심스레 상자에서 귀걸이를 꺼내 귓불에 귀고리를 걸었
다. 작은 하트 모양의 보석은 헬렌의 장밋빛 뺨과 정말 잘 어울렸다.

고모는 자기가 직접 귀걸이를 고르기라도 한 것처럼 뿌듯해했다.
참 고모답다.

"긴장하지 마라, 헬렌. 자연스럽게 행동해. 그럼 네가 얼마나 멋진
지 그 사람이 알 거다. 정말 아름답구나."

고모는 헬렌의 어깨에 팔을 두르고 창고 밖으로 헬렌을 이끌었다.

문을 돌아나가며 헬렌이 조이스를 흘끗 돌아보았다. 잠깐 동안,
그 애절한 마지막 표정 속에서, 조이스는 헬렌과 자신 중 누가 더 불
행한지 구별할 수 없었다.

조이스는 두 사람을 따라 창고를 나왔다. 헬렌의 어깨는 축 늘어
지고, 발은 질질 끌다시피 했다. 불쌍해 보였다. 고모가 헬렌의 팔을
당기며 걸음을 재촉했다. 단 한 번, 조이스는 완벽한 언니가 아닌 게
퍽 마음이 놓였다.

12장

성형미인 리사

다음날 아침 조이스가 일어나 거실로 나가 보니, 식구들이 병원 같은 분위기를 연출하고 있었다. 일요일에는 교회에 갈 채비를 해야 하는데도 텔레비전이 한국 방송 채널에 맞추어져 있었다. 엄마는 텔레비전을 보며 아빠의 시퍼렇게 부은 발을 무릎 위에 얹은 채 주무르고, 아빠는 반대편에 앉아 추리소설에 푹 빠져 있었다. 앤디는 팔걸이의자에 커다란 비치타월을 포개놓고 그 위에 앉아 있었다.

조이스가 다가가니 엄마가 고개를 들었다. 이마가 조금 가라앉았고, 피부는 풍선처럼 부풀어 있지 않고 대신 주름이 보였다. 조이스는 소파 등받이 너머로 몸을 내밀어 엄마 뺨에 입을 살짝 갖다대며 물었다.

"좀 괜찮아졌어?"

엄마가 고개를 끄덕였다. 이제는 엄마 눈을 알아볼 수 있었다. 엄마는 아주 조심스럽게 이마를 더듬으며 말했다.

"부기가 좀 가라앉았어."

조이스는 엄마 눈썹을 살펴보았다. 영 엉뚱한 곳에 휘어져 있던 눈썹의 부기가 꽤 빠져 있었다. 조이스는 엄마가 기분 상할 만한 말은 하고 싶지 않았다.

아빠가 책에서 고개를 들고 뺨을 내밀며 인사했다.

"안녕, 아빠?"

조이스도 인사하며 아빠 볼에 입을 맞추었다.

"누가 범인인지 알아냈어? 발목은 좀 나아 보이네."

아빠가 한숨을 쉬었다.

"그냥 그래. 아무래도 병원에 가봐야겠다. 하루 더 쉬어야 할 것 같아."

조이스는 고개를 끄덕이며 앤디에게 눈길을 돌렸다. 앤디는 멍하니 한국 드라마에 빠져 있었다.

"잘 잤냐, 똥강아지?"

"시끄러워!"

앤디가 험악한 얼굴로 말했다.

엄마가 조이스를 다그쳤다.

"앤디한테 그 상어 간 알약 좀 그만 먹으라고 해라."

"너, 어젯밤에 그 난리를 피우고도 아직 그 약 먹는단 말이야? 고모가 널 완전히 망쳐놨다고 해놓곤……."

조이스는 시리얼을 먹으러 주방으로 갔다.

앤디가 발끈해 대들었다.

"오늘 아침 탐한테 전화해서 물어봤어. 그 약 먹고 뭐 이상한 거 없었냐고."

"탐 고가 자기도 설사했다는 걸 순순히 불겠냐?"

조이스는 시리얼을 그릇에 부으며 말했다.

"암튼 탐은 그게 뭐든 간에 차차 괜찮아질 거라고 했어."

앤디가 텔레비전을 보며 말을 이었다.

"그건 설사가 아냐, 누나. 부작용이야. 약에 일단 익숙해지면 멎을 거야."

"약이 너한테 너무 독한 거야."

엄마가 고개를 저으며 말했다.

"그냥 일주일만 먹어볼게."

앤디가 애원했다.

따르릉 전화가 울렸다. 조이스는 전화기를 들어올렸다.

"누가 쌍꺼풀 수술 받았는지 넌 감도 못 잡을걸."

지나였다.

조이스는 시리얼을 한 입 떠먹었다.

"내가 전화 받을지 어떻게 알았니?"

조이스는 수화기에 대고 시리얼을 바삭 깨물었다.

"너희 식구들 다 환자잖아. 헬렌 언니는 예배 보러 일찌감치 우리 엄마를 픽업했고. 그러니 너밖에 더 있냐?"

조이스 엄마와 지나 엄마는 일찍 예배를 본다. 예배 후 다과 봉사를 해야 하니까. 그런데 오늘은 엄마를 대신해 헬렌이 일찍 일어나 지나 엄마를 태우러 간 모양이다.

"그래서 알겠냐고?"

조이스는 시리얼을 조금 더 와삭 깨물었다.

"음, 모르겠는걸. 혹시 리사 임?"

"뭐? 너 어떻게 알았어?"

조이스는 숟가락을 떨어뜨렸다.

"정말! 리사 임이 수술 받았다고?"

리사 임은 지난 가을부터 교회에 나오기 시작한 예쁘장한 대학생이다. 리사 임과 헬렌은 같은 대학에 다니지만 같이 어울리지는 않는다. 리사는 좀 더 세련된 사람들이랑 어울리기를 좋아한다. 뉴욕에서 와서 그런지 거들먹거리는 성향이 있어 보였다.

"와우! 진짜 난 몰랐어. 그러니까 리사 언니는 벌써 눈에 쌍꺼풀이랑 전부 다 하고서 교회에 나왔던 거구나. 난 원래 있는 거라고 생각했지. 샤론 킴처럼. 기억나? 언젠가 리사 언니 가슴이 갑자기 커졌잖아. 그때도 언니가 뭘 한 것 같다고 쑥덕거렸었는데."

지나가 한숨을 쉬었다.

"가슴은 모르겠어. 하지만 쌍꺼풀은 분명 했어."

"그걸 어떻게 알아?"

지나는 정보를 얻기 위해 접촉했던 한국인 소식통을 회상하면서 다시 흥분하기 시작했다. 지나는 낯선 여섯 개의 이름을 거쳐 마침내 조이스가 아는 이름에 도달했다.

"미세스 신."

조이스는 숨이 막혔다.

"미세스 신은 절대 뒤에서 다른 사람에 대해 이러쿵저러쿵 떠들지 않아."

"나도 알아. 그래서 내가 백 프로 진실이라고 말하는 거야."

"와우."

조이스는 시리얼 그릇에 몸을 숙였다.

"이따 교회 가서 직접 물어보자. 그럼 자세한 정보를 얻을 수 있을 거야."

"야, 잠깐만."

조이스는 몸을 곧추세웠다.

"난 못 해. 리사 언니한테 직접 가서 어떻게 그런 걸 물어보냐?"

"왜 못 해?"

"웃기잖아."

"알고 싶지 않아?"

"그래, 물론, 그렇지만……."

"근데 뭐? 그냥 가서 물어봐."

"지극히 개인적인 문제 같은데."

"야, 우린 로스앤젤레스 카운티에 살고 있어. 이 좁은 동네에서 어떻게 성형수술이 개인적인 게 될 수 있냐?"

"그렇긴 해."

"30분 뒤에 내가 교회에 데려다줄게."

“알았어, 이따 봐.”

조이스는 전화기를 내려놓고 퉁퉁 불어터진 시리얼을 다시 먹기 시작했다. 리사 임. 와우. 리사 임은 진짜 예쁘다. 게다가 자신만만하다.

“리사 누난 얼짱이야.”

앤디가 외쳤다.

조이스는 시리얼을 먹다 말고 싱크대에 그릇을 놓았다.

“엿듣지 좀 마, 앤디.”

앤디에게 소리치고는 옷을 갈아입으러 자기 방으로 돌아갔다.

“큰 소리 좀 치지 마.”

앤디가 조이스의 뒤통수에 대고 소리쳤다.

* * *

조이스와 지나는 예배가 끝난 뒤 교회 밖 잔디밭에 서 있었다. 길게 늘어선 덤불이 공동체 홀의 바깥마당으로부터 두 사람을 가로막아주었다. 조이스와 지나는 나뭇잎과 나뭇가지 사이로 리사 임과 그녀를 쫓아다니는 대학생들을 몰래 살펴보았다. 리사는 말하지 않을 때면 드라마틱하게 눈을 넓혔다 좁혔다 하면서 상대의 말에 귀 기울이며 매력적인 웃음을 날렸다. 게다가 고개를 살짝 기울여 큰 관심을 갖고 있다는 표시를 했다.

조이스는 지나 어깨 너머로 그 모습을 뚫어져라 바라보며 초콜릿

도넛을 핥아 먹었다. 집에 가면 거울을 보며 리사처럼 웃는 연습을 해야겠다고 생각했다.

"나, 못 할 것 같아."

"야, 조이스. 쌍꺼풀 수술에 대해 안 알아볼 거야?"

"벌써 인터넷에서 찾아봤어. 수술 사진이 하도 끔찍해서 눈 뜨고 못 보겠더라."

"정말? 웩!"

"내가 정말 수술을 하고 싶어 하는지도 잘 모르겠어."

조이스는 도넛을 한 입 베어 물고 중얼거리듯 말했다.

지나가 조이스를 바라보았다.

"뭐라는 거야?"

"존은 헬렌 언니를 좋아해. 그리고 쌍꺼풀이 생긴다 해서 내가 더 예뻐질 것 같지도 않아. 눈 위에 주름 두 개 넣는다고 존이 갑자기 나한테 반하겠어? 난 루저야. 그 애한테 가서 인사도 제대로 못 하잖아."

조이스는 도넛에서 초콜릿을 핥아 먹었다.

"게다가, 우리 엄마처럼 부작용이라도 일어나면 어떡해?"

갑자기 지나가 조이스의 손에서 도넛을 빼앗아 덤불 속으로 휙 던져버렸다. 그러고는 조이스의 어깨를 움켜쥐고 눈을 빤히 들여다보았다.

"조이스, 친구로서 말한다. '공짜' 라구! 모르겠어? 이 기회를 그냥 날려버려선 안 돼!"

"하지만 넌 내 도넛을 그냥 날려버렸잖아."

"초콜릿 좀 그만 먹어."

조이스는 얼굴을 찡그렸다.

지나는 한숨을 크게 쉬었다.

"조이스, 넌 꼬질꼬질한 문신 가게에 가는 게 아니야. 잘나가는 성형외과의사한테 가는 거라구. 변신 후 네가 얼마나 예뻐질까를 생각해봐. 저런 거야, 저렇게 오래간단 말이야. 다른 건 몰라도, 날 위해서라도 해라. 널 보며 대리만족이라도 느껴보게. 제발, 지금 내 삶엔 뭔가 신나는 일이 필요해."

조이스는 반쯤 먹다 만 도넛이 나뭇가지들 사이에 살짝 걸쳐져 있는 것을 바라보았다.

"나한테 저런 고모가 있다면, 고모 엉덩이에 뽀뽀라도 하겠다."

조이스는 도넛에서 눈을 떼고 고모를 찾아 두리번거렸다. 고모는 마당 저쪽 끝에서 노부인들과 함께 둥그렇게 모여 앉아 있었다. 엄마가 여느 때처럼 여기저기 돌아다니며 도넛, 커피, 야채튀김을 돌리고 있었다면, 조이스는 벌써 고모에게 달려가 의무적으로 고모 볼에 입을 맞춰야 했을 거다. 그사이 다른 노부인들은 이렇게 착하고 든든한 조카를 뒀으니 얼마나 좋겠냐며 떠들어댔을 테고.

"네 주위를 봐. 미스터 신을 봐."

지나가 손으로 가리켰다. 주름 가득한 노인이 지팡이에 의지한 채 자기 손자를 보며 활짝 웃고 있었다.

"저 할아버지가 틀니를 하지 않았다면, 저렇게 활짝 웃을 수 있겠냐? 아니면, 소영 최. 소영이 라식 수술을 안 해서 아직도 그 꼴사나운 안경을 쓰고 있다면, 지금 데이비드 킴이랑 사귀고 있을 거 같아? 또 꼬맹이 크리스티나 장. 걔네 엄마 아빠가 원래 귀를 그냥 내버려뒀으면 어떻게 됐겠니?"

지나가 손가락으로 귀를 쭉 잡아 늘였다.

"무슨 말 하는 거야?"

조이스는 이 사람 저 사람을 눈으로 좇으며 물었다. 뭐가 달라졌고, 뭐가 달라져야 하는지 머릿속으로 확인하면서. 크리스티나 장은 당나귀 귀를 갖는다는 게 어떤 건지 절대 모를 거다. 하지만 애기 때의 크리스티나 장을 본 사람은 누구나 기억하고 있다. 저기, 바비 송이 자기 차 있는 곳으로 걸어가고 있었다. 바비 송은 볼에 아주 커다란 사마귀가 있는데, 바비랑 얘기를 나누다 보면 자꾸만 그 사마귀에 털이 몇 개 있는지 세어보게 된다. 그리고 미세스 유, 그 사람은 촌스러운 한국인 티를 막 벗어났다. 가지런한 이가 그걸 증명해주고 있었다.

"우린 누구나 더 예뻐 보이려고 뭔가를 해. 잘생긴 사람조차 이것저것 뜯어고쳐."

지나가 말했다.

조이스는 헬렌이 고모에게 걸어가는 것을 눈여겨보았다. 헬렌을 본 노부인들이 미소를 지었다. 헬렌이 고모에게 다가가 볼에 뽀뽀하자 고모는 친구를 대하듯 헬렌의 손을 꼭 잡았다. 노부인들이 신나게 수다를 떨기 시작하자, 헬렌은 멍하니 딴 곳을 바라보았다. 헬렌의 데이트 얘기를 하는 것 같았다.

"아, 안 되는데! 어디로 갔지?"

지나가 말했다.

조이스의 시선이 다른 곳에 모여 있는 사람들 쪽으로 옮겨 갔다. 리사의 모습이 눈에 띄지 않았다. 지나는 목을 쭉 빼고 덤불 너머를 자세히 들여다보았다.

"안 보이는데."

조이스의 말에 지나가 조이스의 손을 잡았다.

"가자."

지나와 조이스는 사방을 다 뒤져보았다. 교회 안은 물론 주방, 사무실까지.

조이스는 고모가 이쪽을 쳐다보자 잽싸게 나무 벤치 뒤로 몸을 숙였다. 지나는 샘이 잔디밭 저쪽 끝에서 사진을 찍는 걸 보고 샘한테 달려갔다. 조이스는 몸을 웅크린 채 그대로 있다가 아까 고모가 있던 곳을 훔쳐보았다. 고모가 보이지 않았다. 조이스는 얼른 일어나 샘과 지나가 있는 곳으로 달려갔다.

"조이스!"

고모가 소리쳤다.

"이런!"

조이스는 깜짝 놀라 땅바닥에 주저앉았다. 고모가 눈앞에 우뚝 서 있었다. 고모의 상어 눈알이 조이스의 얼굴에 구멍이라도 뚫을 듯 노려보았다.

"안녕하세요, 고모."

"너나 지나나 지금 뭣들 하는 거야? 다 큰 숙녀들이 경박하게 뛰어다니기나 하고."

"누굴 좀 찾고 있어요."

조이스는 자리에서 일어나 바지를 털었다.

"너희 둘 다 정신 나간 애들처럼 보인다. 바보처럼 굴지 마라."

조이스는 크게 숨을 몰아쉬었다.

"네, 고모."

"네 엄마는 어떠냐?"

"조금 나아졌어요."

고모는 손가방을 꽉 움켜잡았다.

"그 사람들이 네 엄마 문신을 하면서 큰 실수를 했다. 내가 말했으니 돈을 전부 환불해줄 거다. 하지만 그 사람들이 네 엄마 병원비는 못 주겠단다. 네 엄마가 책임을 묻지 않는다는 각서에 서명했다고 하더라. 그 사람들 염치도 없어. 엄마한테 그래라, 내가 알아서 하겠다고."

"네, 고모."

자리를 뜨려고 몸을 돌리다 말고 고모가 말했다.

"그리고 라이너 박사와의 예약은 화요일이다. 아침에 내가 데리러 가마."

"네? 전 화요일에 수술 못 해요. 준비가 안 됐어요!"

고모는 헛기침을 했다.

"아이고, 조이스. 이번엔 그냥 상담하러 가는 거야. 어떤 쌍꺼풀이 너한테 제일 잘 어울리는지 보려고 말이다. 착하게 굴어라. 고모 창피하지 않게."

고모는 몸을 돌려 다른 쪽으로 걸어갔다.

"조이스."

지나가 소리치며 어서 오라고 손짓했다.

조이스는 친구들에게 달려갔다.

"안녕, 샘."

"너희 고모가 뭐래?"

지나가 물었다.

"화요일에 고모랑 같이 상담하러 가야 해."

조이스는 샘 앞에서 더 이상 물어보지 말라는 뜻으로, 지나를 향해 몰래 한쪽 눈을 찡그려 보였다. 그러고는 주제를 바꾸었다.

"샘, 리사 임이 어디 있는지 봤어?"

"내가 방금 물어봤거든."

지나가 말했다.

샘이 사진을 찍으려 하자, 조이스는 고개를 숙여 얼굴 정면 사진을 못 찍게 했다.

"야, 지난번에 약속했잖아. 난 얼굴 사진이 필요하단 말이야."

샘이 카메라 뒤에서 말했다.

"얼굴 뭐?"

지나가 물었다.

조이스는 고개를 들어올리며 말했다.

"내가 그랬거든. 어제저녁 식당일 도와주면 내 얼굴 사진 찍게 해 주겠다고."

"조이스는 지금 내가 하고 있는 과제의 모델이야."

샘이 찰칵찰칵 사진을 찍자, 지나가 한쪽 손을 허리께에 갖다대며 말했다.

"내 얼굴은 왜 안 되는데?"

샘이 씩 웃었다.

"다음에 네 얼굴 사진도 찍을게."

"내 뺨 안 이상해 보이게 뽀샵 해줄 거지?"

지나가 물었다.

"난 실사만 찍어!"

샘은 사진을 몇 장 더 찍었다.

지나는 얼굴을 찡그렸다.

이윽고 샘이 카메라를 내렸다.

"아까 나한테 뭐라고 했지?"

"리사 임 봤냐고."

지나의 말에 샘은 잠시 생각에 빠졌다.

"까만 생머리 여자?"

그러고는 화장실 쪽으로 카메라를 흔들었다.

"너희가 말한 사람이 그 사람이 맞다면, 아까 화장실로 가는 걸 봤어."

지나와 조이스는 화장실을 향해 달리기 시작했다. 뒤에서 샘이 외쳤다.

"야, 내 사진은 어쩔 건데?"

화장실 앞에 도착한 지나와 조이스는 조심스레 반회전문을 밀어 열고 살금살금 안으로 들어갔다. 화장실 칸막이 문은 모두 열려 있었다. 하나만 빼고. 이 교회 건물은 옛날에 가톨릭 학교가 있던 곳이라서 변기 칸막이가 일자로 늘어서 있고, 맞은편에도 세면대가 일자로 늘어서 있다.

두 사람은 다른 칸으로 들어가 문을 닫았다. 조이스의 귀에 대고 지나가 소곤거렸다.

"내가 변기 위에 올라가 설게."

조이스가 당황한 표정을 짓자, 지나가 다시 소곤거렸다.

"그래야 안에 두 사람이 있는 걸 들키지 않지."

그러고는 조심스레 변기 위에 올라가 몸을 웅크렸다. 지나의 치밀한 계획에 조이스는 또 한 번 감탄했다.

잠시 후 물 내리는 소리가 들려왔다. 이어 문이 끽 하고 울어댔다.

조이스는 칸막이 사이, 좁은 틈에 눈을 갖다댔다. 리사 임이었다. 검정색 하이힐에 무릎길이의 검정색 실크 원피스를 입었고, 검은색 긴 머리가 살랑살랑 부드럽게 흔들렸다. 세면대로 간 리사 임은 손가방을 내려놓고 수도꼭지를 틀어 손을 씻기 시작했다.

조이스는 몸을 돌려 지나에게 엄지손가락을 치켜세워 보였다. 그러고는 활짝 열리지 않도록 천천히, 문을 열고 밖으로 나갔다. 뒤에서 변기 물이 마법처럼 내려갔다. 그 소리에 리사가 거울을 흘끗 올려다보다 거울 속에 비친 조이스에게 눈웃음을 건넸다. 얼른 세면대로 걸어가며 조이스가 어색한 미소를 짓자 리사도 미소로 답했다.

조이스는 리사로부터 두 칸 옆에 있는 세면대 앞에 서서 물을 틀었다. 비누로 손을 씻으면서도 조이스의 신경은 온통 리사에게 쏠려 있었다. 리사가 립스틱을 바른 뒤 양 입술을 조심스레 오므리고 손가락으로 눈 아래 마스카라 얼룩을 지우는 걸 곁눈질로 살폈다.

리사가 조이스를 흘끗 보더니 립스틱을 손가방에 밀어넣고 찰칵 닫았다. 그러고는 마지막으로 거울 속 모습을 확인했다.

조이스의 심장이 쾅쾅 뛰었다. 자, 지금이 기회야. 이 기회를 놓치면 지나가 가만 놔두지 않을 거다.

리사가 몸을 돌려 걸어 나가려 하자, 조이스는 뒤로 물러나 리사의 길을 막았다. 리사가 주춤했다. 조이스의 젖은 손에서 물이 바닥으로 뚝뚝 떨어졌다.

"잠깐만."

리사는 그렇게 말하며 옆으로 걸음을 옮겼다.

조이스는 젖은 손을 흔들어 물기를 털었다.

"저, 리사 언니, 맞죠?"

리사는 고개를 한쪽으로 살짝 기울였다.

"그런데?"

"물어볼 게 있어서요."

리사는 고개를 끄덕였다.

"좀 이상하고 개인적인 거예요. 프라이버시라든가 뭐 그런 걸 침해할 생각은 없어요. 하지만 달리 물어볼 사람이 없어서요. 저희 고모가 화요일에 저를 데리고 상담하러 간대요. 그래서 따라왔어요. 제가 언니를 스토킹 한다거나 뭐 그런 건 아니에요. 기분 나빠하지 않으셨으면 좋겠어요."

리사는 얼굴을 찌푸렸다.

"그게 질문이야?"

"무슨 질문요?"

"기분 나빠하지 마라?"

"네? 아니, 그게 아니라……."

리사는 깊은 숨을 몰아쉬었다.

"잠깐만 잠자코 있어줄래?"

조이스는 물기 묻은 손을 신경질적으로 다시 흔들어댔다.

리사는 종이타월 몇 장을 뽑아와서 조이스에게 건넸다.

"고마워요."

조이스의 기분이 조금 좋아졌다.

"그럼 다시 시작해볼까? 네 이름이 뭐니?"

"조이스요. 조이스 박."

"너, 헬렌 동생이니?"

리사의 눈빛이 밝아졌다. 조이스는 고개를 끄덕이며 종이타월로 손을 닦았다.

"같은 대학에 다니지만, 헬렌하고 서로 잘 알진 못해. 하지만 친척인 수연이한테 너희 식구 얘기 많이 들었어.”

리사의 말에 조이스는 다시 한 번 고개를 끄덕였다.

“아, 로스앤젤레스에 수연 언니 친척이 있는 줄은 몰랐어요.”

“뭐, 정확히 말하면 친척은 아냐. 수연이 엄마랑 우리 엄마랑 고향이 같아.”

“전부 얽혀 있다니 정말 재밌네요. 저희 식구들 모두 수연 언니를 보고 싶어 해요. 수연 언니, 어떻게 지내요?”

리사는 어깨를 으쓱해 보였다.

“얘기 나눈 지 한참 됐어. 수연이네가 이사 갔다는 소식을 들은 게 마지막이었지.”

조이스는 고개를 끄덕이며 손 안에 든 종이타월을 꾸깃꾸깃 구겼다. 리사가 수연 언니를 안다면, 리사도 분명 착한 사람일 거다. 조이스는 리사에게 쌍꺼풀 수술에 대해 좀 더 편하게 물어볼 수 있을 것 같은 느낌이 들었다.

“저, 리사 언니. 진짜 개인적인 질문이 있는데요.”

“괜찮아. 뭘 알고 싶은데?”

조이스는 종이타월을 만지작거렸다.

“쌍꺼풀에 관한 거예요. 있잖아요, 여기 눈꺼풀에…….”

“그러니까, 너 쌍꺼풀 하고 싶은 거니?”

“네. 아, 아뇨. 모르겠어요.”

조이스는 어깨를 떨어뜨렸다.

리사는 완벽한 자세로 거울 앞에 섰다. 어깨를 뒤로 젖히니, 가슴에 딱 달라붙은 얇은 실크 원피스가 몸매를 그대로 드러내 보였다.

"내 눈 보고 싶어?"

조이스는 리사의 가슴을 뚫어져라 바라보았다.

"눈요?"

"그래."

리사는 몸을 돌려 조이스에게 얼굴을 내밀었다.

"열여섯 번째 생일 때 했어."

조이스는 리사의 눈을 바라보며, 까맣게 칠한 반달처럼 접히는 두 개의 똑같은 주름을 살펴보았다.

"큰 수술은 아냐."

리사는 조이스가 잘 보게 눈을 몇 번 깜빡이고는 몸을 뒤로 뺐다.

"완전히 나으려면 2주 정도 걸릴 거야. 처음엔 엄청 아파. 반쯤 앉아서 자야 하는 건 말할 것도 없고. 하지만 마지막의 결과는 놀랍지."

"와우! 대단하네요."

조이스는 차분하게 말했다.

리사는 조이스의 얼굴을 들여다보았다.

"대단하게 생각하는 거 같지 않은데……."

조이스는 한숨을 쉬었다.

"수술하면 정말 많이 달라지나요? 어쨌든 언니는 원래 예뻤잖아요. 수술해서 더 예뻐 보이는 거 같진 않아요."

리사는 잠깐 생각에 빠졌다.

"솔직히, 어떻게 보이는지는 중요하지 않아. 단지 생각하는 방식
이 달라지는 거지."

그러고는 거울 속의 자신을 바라보았다.

"뉴욕에 살 때, 난 진짜 엄격한 사립학교에 다녔어. 놀림을 받진
않았지만 데이트 신청을 많이 받지도 못했어. 그 학교엔 아시아계
학생이 엄청 많았는데, 주목받는 아이들은 분명 특별한 뭔가가 있었
어."

조이스는 고개를 들었다.

"네, 무슨 말인지 알아요."

리사는 거울 속의 자기 모습에서 시선을 거두고 조이스의 눈을 바
라보았다.

"수술하고 나서, 난 좀 더 자신감이 생겼어. 내 눈이 더 크고 뚜렷
해 보였어. 그리고 생애 처음으로, 어색하지 않게 아이섀도를 바를
수 있었어! 옷을 잘 차려입고 사람들하고 더 많은 얘길 나누게 됐지.
9학년(미국의 고1:옮긴이) 때부터 홀딱 빠져 있던 진짜 귀여운 남자애
랑 어울려서 데이트 신청도 받아낼 만큼 말이야. 수술 후 내 사고방
식이 달라진 게 정말 놀라웠어."

조이스는 아무 생각 없이 고개를 끄덕였다.

"전부 다 눈꺼풀 위, 고작 반달 두 개 때문에요?"

그러자 리사가 웃었다.

"쌍꺼풀이 내 인생을 바꿨지."

"와우!"

리사는 검은색 긴 머리칼을 어깨 위로 넘겼다.

"사람들은 성형수술을 좀 이상하게 생각하는 거 같아. 자연스럽지 않다든가 뭐 그런 거. 널 어떤 모습으로 보이게 만든 게 신의 의지라면, 외모가 더 나아 보이게 도와주는 의사를 만든 것도 신의 의지야. 무엇보다 네 기분이 나아질 수 있다면, 문제될 게 뭐 있겠니?"

"맞아요."

조이스는 맞장구쳤다.

"이만 가봐야겠다. 금요일 오후에 배구 연습할래?"

조이스는 고개를 저었다.

"전 배구 못 해요."

"그냥 와서 구경하면 돼. 우리 배구장은 해변 산책길 끝에 있으니까, 더 물어볼 게 있으면 거기로 놀러 와."

"음, 알았어요."

리사가 몸을 돌려 화장실 밖으로 걸음을 옮기려 할 때, 그녀의 풍만한 가슴이 눈에 띄었다.

"저기요, 리사 언니?"

조이스의 말에 리사가 돌아섰다.

"혹시 거기에 뭔가를 했어요? 거기 말예요."

조이스는 자신의 납작한 가슴께에 손을 휘저으며 물었다.

리사의 입술 한쪽 끝이 묘하게 올라갔다.

"넌 어떻게 생각하는데?"

그 말을 끝으로 리사는 또각또각 작고 정교한 하이힐 소리를 내며 화장실을 빠져나갔다.

지나가 화장실 칸막이에서 불쑥 튀어나오며 다리를 마구 흔들어 댔다.

"종아리에 쥐가 나 죽을 뻔했다. 리사 언니가 평생 화장실에서 안 나가는 줄 알았어."

리사의 말을 떠올리며, 조이스는 거울 속의 자신을 물끄러미 바라보았다. 다른 기분을 느끼고 싶었다. 리사처럼 남자애들을 주위에 몰고 다니고 싶었다. 실크 원피스에 뾰족구두를 신고 싶었다. 존 포드 강을 쫓아다닐 만한 자신감을 갖고 싶었다.

"쌍꺼풀이 있으면 좋겠어."

조이스는 말했다.

13장
마이클 고모의 비밀

"조이스."

엄마가 속삭이며 조이스의 어깨를 살며시 흔들었다.

조이스는 겨우 눈꺼풀을 들어올렸다. 이른 아침 흐릿한 햇살이 방으로 스며들었다.

엄마가 다시 조이스를 깨웠다.

"고모 만날 채비 해야지."

"헐!"

조이스는 눈을 다시 감으며 말했다.

엄마가 고개를 저었다.

"어서."

조이스는 하품을 하며 눈을 떴다. 방 저쪽에서 헬렌이 몸을 구부린 채 잠들어 있었다. 엄마는 조이스 앞에 서서 조이스가 진짜로 잠을 깼는지 확인했다.

"씻고 준비해. 한 시간 있으면 고모가 도착하실 거야. 속옷도 깨끗한 걸로 잘 입고."

이제 엄마 얼굴은 거의 정상으로 돌아왔다. 새로 만든 눈썹 아랫부분이 약간 부은 것만 빼고.

조이스는 늘어지게 기지개를 켰다.

"몇 시야?"

"일곱 시 다 됐어."

"고모는 왜 이렇게 일찍 온대?"

"예약이 아홉 시잖아. 고모가 늦는 거 얼마나 싫어하시는지 알지?"

엄마가 이불을 잡아당겼다.

"얼른 일어나."

조이스는 침대에서 일어나 앉으며 다시 하품을 했다.

"의사가 눈 보는데 왜 샤워하고 깨끗한 속옷을 입어? 한 시간은 더 잘 수 있겠구만."

조이스가 따져 묻자, 방을 나가려던 엄마가 혀를 끌끌 찼다. 조이스는 침대에서 몸을 일으키며 소리쳤다.

"엄마! 나 오늘 식당 일 쉬어도 돼? 오후에 교회 청년부에서 바닷가로 배구 하러 간대."

엄마가 머리를 방 안으로 쑥 내밀었다.

"언니한테 물어봐. 언니가 너 대신 해줄 수 있는지……."

샤워를 마친 조이스는 앞으로 일어날 일에 온몸이 짜릿했다. 드디어 쌍꺼풀을 하러 간다. 이제 내 인생 전체가 달라질 거다. 옷장 앞에 서서 뭘 입을까 망설이고 있는데, 헬렌이 잠에서 깨어 몸을 뒤척였다.

"이렇게 일찍 뭐 해?"

헬렌이 하품을 했다.

조이스는 빨간색 짧은 저지 탱크 원피스를 꺼냈다.

"고모가 데리러 온대. 라이너 박사한테 상담하러."

헬렌이 침대에서 몸을 일으켜 앉았다.

"너, 진짜 그 수술 할 거야?"

조이스는 원피스를 도로 집어넣었다. 너무 짧아서 원피스를 입을 때마다 다리가 어떻게 보였는지 생각났기 때문이다. 앤디가 원피스 아래로 드러난 통통한 무릎을 무자비하게 놀리고 난 뒤로는 딱 한 번밖에 입지 않았다.

"조이스!"

"왜?"

조이스는 옷장을 다시 한 번 훑으며 답했다. 옷장에 걸린 옷을 하나하나 전부 밀치며 뒤졌다.

"네 얼굴 망치려고 그래?"

"무슨 소리 하는 거야?"

조이스는 옷도 제대로 못 고르는 자신의 무능력이 한탄스러웠다. 결국 화장대로 가서 맨날 입는 청바지와 티셔츠를 입기로 했다.

헬렌이 침대에서 나오며 말했다.

"서양 사람들의 미적 기준에 맞추려는 거, 웃기지 않아? 우리 눈은 원래 이런 거야."

그러고는 자신의 쌍꺼풀 없는 눈을 가리켰다.

조이스는 청바지에 다리를 넣고 끌어당겼다.

"언니가 그렇게 말하는 건 당연해. 언니 눈은 크고, 아무 문제가 없으니까. 서양의 미적 기준에 관해 이러쿵저러쿵 떠들 필요 없어. 아시아 사람의 눈이 싫다는 게 아냐. 난 그냥 더 크게 만들고 싶을 뿐이야. 더 분명하게."

"조이스, 이건 인조 속눈썹을 붙이거나 손톱을 붙이는 게 아냐. 영구적인 거라구. 얼마나 위험한 건지 알아? 시간을 들여 제대로 알아보기나 했어?"

"그래. 시간 들여 알아봤어."

조이스는 티셔츠에 윗몸을 집어넣으며 말을 이었다.

"미스터 문하고 데이트하는 거나 신경 쓰시지? 내가 어떻게 보이든 말든 신경 끄시고!"

헬렌은 다시 침대 속으로 몸을 묻었다.

"오늘 아침에 어디 나갈 거야?"

"아니, 왜?"

헬렌은 풀죽은 얼굴로 창밖을 바라보고 있었다.

"차 좀 쓰려고."

"음, 오늘 모임이 있는데."

"언니는 언제나 모임이 있지. 난 이번 여름에 한 번도 차를 못 썼
단 말이야."

그때 거실에서 엄마 목소리가 들려왔다.

"조이스, 고모 오셨다!"

조이스는 재빨리 양말을 움켜쥐고 밖으로 튀어나갔다.

"갔다 와서 다시 얘기하자."

헬렌이 다시 침대에 누우며 말했다.

***

오른쪽 차선에서 차들이 씽씽 추월하고 있었지만, 고모는 고속도
로를 천천히 달려갔다. 연신 경적을 울려대는 고모 때문에 조이스는
창피해 죽는 줄 알았다. 조이스가 몸을 움직이자 비닐로 싸인 시트
가 뿌득 소리를 냈다. 꼭 방귀 소리 같았다. 차 전체, 그러니까 시트
에서 문까지, 심지어 변속기까지 보호용 비닐 커버로 무장되어 있었
다. 백미러에는 나무로 만든 조그만 한국탈 두 개가 매달려 있고, 뒷
자리에는 애완용 강아지 로봇이 가만히 놓여 있었다.

고모가 일본에서 그 '애완동물'을 처음 사 왔을 때, 어디든 늘 데
리고 다니며 이 강아지는 뭘 흘리지도 않고 역겨운 개 사료도 먹지
않는다며 자랑을 늘어놓곤 했었다. 그 첫 번째 강아지를 도둑맞고
난 뒤, 고모는 그 강아지가 너무 탐나는 것이라서 그런 일이 일어났
다고 우겨댔다. 이제는 또 다른 강아지를 구입해서 몰래 숨겨두고

있었다.

"빌어먹을 LA 운전자 녀석들."

또 다른 차가 추월하자 고모가 큰 소리로 경적을 울리면서 중얼거렸다.

조이스는 속으로 생각했다. 이래서 시내에 가는 데 한 시간 걸린다고 했구나.

몸을 웅크리고 있는 조이스를 흘끗 바라보며 고모가 말했다.

"똑바로 앉아라."

조이스는 몸을 곧추세웠다.

"라이너 박사는 아주 바쁜 사람이란다. 괜히 이것저것 물어봐서 귀찮게 하지 마라."

조이스는 창밖을 응시했다.

"네, 고모."

조이스는 고모 코를 엉망으로 만든 의사가 바로 그 사람이냐고 물어볼까, 잠시 동안 고민했다. 하지만 느릿느릿 움직이는 차 안에서 문제를 일으키고 싶지는 않았다. 그래서 대신 이렇게 물었다.

"수술하는 거, 아파요?"

"당연하지."

고모가 차갑게 대답했다.

조이스는 다시 몸을 구부정하게 기댔다.

고모가 부드러운 목소리로 말했다.

"걱정 마라. 라이너 박사는 최고야. 미국에서 배운 다른 한국 의사

들하곤 달라. 그 사람들은 구닥다리 방법만 알지만, 라이너 박사는 똑똑한 사람이야. 항상 최고급 장비만 쓴단다."

잠시 후 고모가 덧붙였다.

"내 코를 살린 사람이 바로 라이너 박사야."

조이스는 고모를 몰래 살펴보았다. 고모의 매부리코는 아주 많이 뜯어고쳤는데도 흉터가 거의 없었다. 고모는 아직도 자기 코가 유명한 프랑스 배우하고 똑같다고 자랑한다. 고모 말이 맞을지도 모른다. 마이클을 행복하게 할 수 있다면, 그 의사는 당연히 뛰어난 사람이다.

"마이…, 아니 고모. 라이너 박사가 고모 얼굴을 어떻게 할지 알려 줬어요? 아니면 고모가 의사한테 가서 이렇게 저렇게 해달라고 주문했어요? 어떻게 바꿔야 할지는 고모가 가장 잘 아니까요."

고모는 대답하지 않았다. 조이스는 혹시 고모의 기분을 상하게 한 건 아닐까 싶어 긴장했다.

"제 말은, 그러니까 그 의사는 자기 하고 싶은 대로 하나요? 예술 가처럼요?"

고속도로가 오른쪽으로 휘자 고모가 눈을 가늘게 떴다. 이른 아침 햇살이 두 사람 앞으로 곧장 쏟아졌다.

"너랑 앤디가 날 뭐라고 부르는지 다 안다."

고모가 차분하게 말했다.

"뭐라고요, 고모?"

조이스는 라디오를 켜고 싶었다. 하지만 고모는 운전할 때 방해받는 걸 무척 싫어한다.

"마이클. 그 이상한 흑인 가수 말이다. 이젠 흑인이 아니지. 괴물처럼 보이니까."

조이스는 허둥대기 시작했다. 엄마가 가만 놔두지 않을 거다. 상상만 해도 끔찍했다. 조이스는 어떻게든 수습해보려 했다.

"아뇨, 고모. 앤디는 농담을 잘하잖아요."

"넌 내가 괴물이라고 생각하냐?"

조이스는 무릎 위에 포개놓은 손을 얌전히 바라보았다. 아, 안 돼. 이게 다 고모의 계략일지도 몰라. 고모는 조카들이 자기 뒤에서 놀려댄 걸 복수하려고, 라이너 박사를 시켜 날 괴물처럼 보이게 만들려는 거야.

"너랑 앤디가 내내 속닥거리는 소리 들었다. 마이클이 그랬어, 마이클이 저랬어. 난 무슨 말인지 몰랐다. 그러다 그 가수를 텔레비전 쇼에서 보고 알게 됐지."

조이스는 다시 몸을 파묻었다. 비닐 커버가 조이스만큼이나 처절하게 끙끙거렸다. 차마 고모를 마주할 수 없어 조이스는 새빨개진 얼굴을 두 손으로 가렸다.

고모가 깜빡이를 켰다. 똑딱거리는 소리가 조용한 차 안을 가득 메웠다. 조이스가 힐끗 내다보니 고속도로 출구가 아직 1.5킬로미터도 넘게 남았다. 조이스가 무슨 말을 해야 하나 생각하는 사이, 깜빡이 소리가 그 공허한 시간을 채웠다.

"그건 그냥 농담일 뿐이에요."

조이스는 기어들어가는 목소리로 말하며 손을 내렸다.

"난 농담이 아니다, 조이스."

조이스는 머리를 숙인 채 창피하고 당황스러워 고개만 끄덕였다.

고모가 몸을 곧추세웠다.

"네 첫 번째 고모부 조셉하고 미국에 오기 전, 난 우리 마을에서 제일 예뻤다. 매일 사람들이 내 얼굴에 대해 한 마디씩 칭찬했지. 네 고모부 조셉도 날 보고는 첫눈에 반해버렸어. 그 뒤로 조셉은 날 만나려고 미군 부대에서 음식을 가져다 우리 식구들한테 주었다."

고모는 조이스를 힐끗 보며 잘 듣고 있나 확인했다.

"전쟁 통에 뭐가 큰 선물이었는지 아니? 그 사람은 1년 동안 우리 식구 전부를 먹여살렸다."

"와! 몰랐어요, 고모."

고모는 천천히 브레이크를 밟으며 고속도로 출구를 빠져나가기 시작했다.

"우린 사랑에 빠졌지."

조이스는 고개를 끄덕였다. 그 이야기를 들어 알고 있었다.

신호등이 빨간불로 바뀌자 차가 멈춰 섰다. 고모는 몸을 옆으로 돌려 조이스의 눈을 똑바로 바라보았다.

"조셉이 날 미국으로 데려왔을 때, 그 사람 식구들이 나한테 뭐라고 했는지 아니?"

조이스는 손을 얼굴로 가져가 손등을 깨물었다. 고모는 손을 내밀어 조이스의 손을 얼굴에서 떼어냈다.

"나한테 그러더라. 엄청 못생겼다고. 어떻게 눈이 쭉 찢어진 황인 종하고 사랑에 빠질 수 있냐고. 그 사람들, 나한테 말도 안 걸더라."

조이스는 화가 나 몸이 뻣뻣하게 굳었다. 조이스와 앤디가 고모를 흉본 이유 중 하나도 바로 그거였지만, 다른 누가 고모를 욕했다고 생각하니 소리치고 싶었다.

"말도 안 돼요! 왜 그 사람들을 떠나지 않았어요, 고모?"

고모는 신호등 쪽으로 다시 몸을 돌렸다.

"어떻게 아내가 남편을 떠날 수 있겠니? 조셉은 날 사랑했어. 나란 존재를 받아들이지 않은 건 그 사람 가족이었다."

고모는 체념조로 말했다.

"그래서 그 사람들한테 맞추려고 외모를 바꿨단 말예요?"

신호등이 초록색으로 바뀌자 고모는 가속 페달을 천천히 밟았다.

"그 사람들 때문에 그런 건 아니었다. 나 자신을 위해 했지. 여기, 미국에선 모두가 더 미국사람처럼 보이고 싶어 한다. 미국사람도 더 미국사람처럼 보이고 싶어 해. 그렇게나 많은 여자들이 다이어트 하고, 머리카락 색깔 바꾸고, 코 높이고 가슴 키우는 이유가 뭐겠니?"

고모는 깜빡이를 켜고 천천히 오른쪽으로 돌았다. 진갈색 병원 건물이 두 사람 앞에 나타났다. 고모는 뼈만 앙상하게 남은 손을 들어 그 건물을 가리켰다.

"미국에선, 모두가 자기 꿈을 쫓아가고 있다. 난 이 나라로 왔을 때 내가 잃어버렸던 걸 갖고 싶었을 뿐이야. 난 다시 예뻐지고 싶었다."

지하 주차장에 차가 멈춰 섰다. 고모는 차에서 내리기 전, 강아지 로봇에게 몸을 돌려 강아지 어르는 소리를 내고는 그 위에 수건을 덮어주었다.

고모의 이야기를 다 알고 난 지금, 조이스는 고모의 눈을 똑바로 바라볼 수 없었다. 조이스와 앤디는 그런 줄도 모르고 늘 비웃으며 고모 흉내를 냈었다. 라이너 박사의 진료실을 향해 엘리베이터를 타고 가는 동안, 조이스는 죄책감에 사로잡힌 채 그동안의 모든 의문을 잠재웠다.

＊ ＊ ＊

진료실에 도착해 접수한 뒤, 고모와 조이스는 한가운데에 커다란 고풍스러운 탁자가 있는 검은색 가죽 의자에 자리를 잡았다. 칙칙한 조명, 벽에 걸린 그림들 때문에 병원이라기보다는 누구네 집 거실 같은 느낌이 들었다. 조이스는 간호사가 준 문진표를 들고 조심스레 자신과 식구들이 앓았던 질병의 목록을 확인해갔다. 알레르기가 있느냐고 묻는 부분에서, 엄마한테 문신 잉크 알레르기가 있다고 썼다. 조이스가 문진표를 작성하는 동안, 고모는 잡지를 넘겨보았다.

"조이스."

흰색 간호사복을 입은 나이 든 여자가 문가에 서서 다른 복도를 가리켰다.

조이스는 얼른 자리에서 일어났다. 고모도 따라 일어났다.

간호사가 손을 들어 고모를 제지했다.

"부인은 여기서 기다리세요. 의사 선생님이 조이스를 보고 나서 밖으로 나오실 거예요."

고모는 당황한 듯했지만 위압적인 간호사의 목소리를 듣고는 다시 자리에 앉았다.

조이스는 가슴에 문진표를 꼭 끌어안고 간호사를 따라갔다.

"여기 이쪽."

간호사는 문진표를 받아들고 조이스를 검사실로 이끌었다.

"키하고 몸무게, 혈압을 잴 거야."

"신발 벗어야 돼요?"

"그러고 싶으면……."

조이스는 잠깐 생각하다 신발을 신은 채 저울 위에 올라섰다. 간호사는 몸무게를 확인하고 문진표를 채웠다. 그러고는 조이스를 벽에 붙여 키를 재고, 자리에 앉혀 혈압을 쟀다.

조이스는 간호사의 얼굴을 보지 않으려 노력했다. 이 병원에서 일하는 사람들은 수술을 공짜로 할까? 문득 궁금증이 일었다. 지나가 일하는 백화점의 경우처럼 말이다. 지나 말에 따르면, 백화점 직원들은 물건을 살 때 20퍼센트 할인을 받는다고 한다.

"이제 사진 찍을 시간이야."

간호사가 귀에서 청진기를 빼내며 말했다.

"옷 갈아입어야 하나요?"

"아니, 그냥 거기 똑바로 서 있으면 돼."

간호사는 진열장에서 디지털 카메라를 꺼냈다. 그러고는 조이스의 얼굴에 초점을 맞추었다. 갑자기 플래시가 터지는 바람에 조이스는 눈을 깜빡였다. 카메라를 치운 뒤, 간호사는 바퀴 달린 작은 탁자에 놓인 소형 컴퓨터 앞에 섰다. 조이스는 간호사가 뭘 하나 보려 했지만, 작업이 너무 빨리 끝나는 바람에 아무것도 볼 수 없었다.

"의사 선생님이 곧 오실 거야."

"네."

잔뜩 긴장한 조이스의 목소리에 간호사가 미소 짓더니 문을 닫고 나갔다.

조이스는 진료실을 둘러보았다. 모델 얼굴이 전면에 깔린 포스터가 벽에 붙어 있었다. 로봇 같은 푸른색 눈이 조이스를 노려보고 있었다. 개수대 옆 테이블 위에는 혀를 들여다볼 때 쓰는 막대와 솜이 담긴 평범한 유리그릇, 티슈 상자, 진료용 고무장갑이 놓여 있었다. 컴퓨터를 제외하면, 소아과 진료실과 그리 큰 차이가 없었다.

똑똑 문 두드리는 소리가 들렸다.

"들어가도 될까요?"

"네."

오십대 후반의 수염이 덥수룩한 남자가 들어왔다. 그러고는 한 손에 차트를 든 채 손을 내밀어 악수를 청했다.

"안녕, 조이스. 난 라이너 박사란다."

라이너 박사는 맞은편 바퀴 달린 의자에 앉았다.

"우리 단골 고객의 식구를 만나 반갑구나."

"안녕하세요."

라이너 박사는 차트를 테이블 위에 올려두고 다시 의자에 앉아 다리를 꼬았다.

"자, 조이스. 무슨 일로 병원에 왔지?"

"어, 그러니까, 저희 고모가 이미 얘기했을 거예요."

조이스는 자기 눈을 가리켰다.

"쌍꺼풀 수술요."

라이너 박사는 고개를 끄덕였다.

"그래. 너희 고모는 네가 안검 미용 성형수술을 하면 어떻겠냐고 했지."

조이스는 속으로 그 단어를 따라 해보려 했지만, 너무 긴장해서 잘 안 됐다.

"어쨌든, 고모가 얘기한 것하고 네가 바라는 게 다를지도 모르니까."

조이스는 고개를 끄덕였다.

"저, 쌍꺼풀을 갖고 싶어요."

라이너 박사는 차트를 다시 찾아 들고 몇 장 넘기더니 조이스에게 그걸 건넸다. 아시아계 눈의 수술 전후 사진이 죽 나와 있었다.

라이너 박사는 바퀴 의자에 힘을 주어 커다란 얼굴 포스터 쪽으로 다가갔다. 그러고는 사진의 눈꺼풀 위쪽을 가리켰다.

"수술 과정을 설명하고 관련된 합병증과 위험에 대해 얘기해주마."

조이스는 '합병증'과 '위험'이란 단어에 겁이 나 몸을 움츠렸다.

"눈꺼풀 주름을 더 뚜렷하게 만드는 방법은 여러 가지가 있단다. 아시아계 사람들에게도 쌍꺼풀이 있어. 하지만 눈꺼풀 아래쪽에 근육이 붙어 있어서 잘 보이지 않는단다. 물론, 수술을 한다 해서 네 눈이 더 커지진 않을 거야."

박사는 눈을 크게 뜨고 말했다.

"하지만 우린 근육을 더 높은 곳에 다시 붙여줄 거야. 그렇게 하면 눈꺼풀 주름이 더 뚜렷해지고, 눈도 더 크고 둥글게 보이지."

조이스는 고개를 끄덕였다.

"자, 넌 십대니까, 네가 고려해야 할 사항이 몇 가지 있단다."

박사는 잠깐 말을 멈추고 포스터를 살펴본 뒤, 의자를 밀어 조이스가 앉아 있는 곳으로 미끄러져 왔다.

"넌 아직 성장 중이야."

박사는 눈을 가늘게 뜨고 진지하게 말했다. 그러고는 자기 머리와 심장을 차례로 가리켰다.

"정신적으로, 감정적으로, 네 얼굴과 몸은 말할 것도 없이, 계속 성장하고 있단다."

조이스는 얼굴을 붉히며 제발 언제 생리를 시작했는지 묻지 않기를 바랐다.

라이너 박사는 생각에 잠겨 수염이 덥수룩한 턱을 매만졌다.

"많은 십대들이 유방 확대수술, 지방 흡입술, 안검 미용 성형수술에 대해 문의하러 우리 병원에 찾아오지. 이런 청소년들을 볼 때마다 난 이런 생각을 한단다. 자신감, 운동, 화장법만으로도 이들이 정말로 필요로 하는 걸 얻을 수 있는데 왜 굳이 수술을 하려는 걸까? 무슨 말인지 알아듣겠지, 조이스?"

조이스는 고개를 끄덕였다.

"그러니까 선생님 말씀은 수술을 하지 않는 게 좋다는 건가요?"

라이너 박사는 한숨을 쉬었다.

"수술을 하지 말라는 게 아니라, 난 어린 고객들에게 왜 외모를 바꾸고 싶은 건지 진지하게 생각해보라고 묻는 거란다. 이게 자기가 진짜로 원하는 것인지 최대한 확신을 갖고 알아야 해. 어떤 수술이든 감수해야 할 위험이 있어. 감염 같은 합병증이나 마취제에 대한 반응 문제가 있을 수 있어. 사물이 두 개로 보인다든가, 번져 보인다든가. 회복되면서 눈이 짝짝이로 되기도 하고, 흉터 역시 고려해야 할 사항이란다. 게다가 힘겹게 회복기를 거친 뒤 달라진 자기 모습에 만족하지 못할 가능성도 엄연히 존재하지. 모든 사람들이 성형수술 후에 똑같은 반응을 보이진 않아. 어떤 사람은 만족하고, 어떤 사람은 실망하지. 그래서 난 최종결정을 하기 전에 최대한 깊이 생각하고 고민하라고 말한단다."

"많이 아픈가요?"

조이스는 기어들어가는 목소리로 물었다.

"음, 그건 답하기 까다로운 질문이야. 왜냐하면 사람마다 고통을 견디는 수준의 폭이 워낙 다양하거든."

"어쨌든 아프긴 아픈 거죠?"

"음, 그래. 살을 자르고 꿰맬 땐 고통이 따르기 마련이란다. 그 변화를 네가 정신적으로 어떻게 받아들이고 또 네 몸이 어떻게 회복되느냐가 중요하지. 다행히 십대의 수술 회복률은 긍정적인 편이야. 너희처럼 젊은 세포는 회복이 훨씬 빠르거든."

"다행이네요."

하지만 자르고 꿰맨다는 말이 조이스의 마음에 찜찜하게 남았다.

"얼마나 잘라야 해요?"

인터넷에서 찾아본 수술 사진을 생각하니 속이 울렁거렸다.

"어떤 수술법을 선택하느냐에 따라 다르단다. 안검판에 피부를 잘라 고정시키는 방법이 있는데, 이게 쌍꺼풀이 없어지지 않게 하는 가장 효과적인 방법이지. 레이저로 절개하는 방법도 있는데, 이건 회복률이 빨라. 그리고 너처럼 어린 피부의 경우 피부를 뒤로 잡아당겨서 그냥 몇 바늘 꿰매는 방법도 있는데, 대신 쌍꺼풀이 그대로 유지되지 않을 가능성이 좀 높지."

조이스는 각각의 방법을 곰곰 생각해보았다.

"뭐가 제일 안 아파요?"

박사는 씩 웃었다.

"최대한 안 아프게 해줄 거야."

조이스는 얼굴을 찌푸리며 고개를 끄덕였다.

"음, 네 나이와 합병증 방지를 최우선으로 고려할 때, 그냥 꿰매는 방법을 추천하고 싶구나."

"저를 재우실 거예요?"

박사는 차트를 내려다보면서 몇 가지 정보를 적었다.

"재운다고?"

"그러니까, 제가 아무것도 못 느끼게 말예요."

"아, 아니야. 우린 그냥 국부마취를 해."

"그럼 수술하는 내내 제가 깨어 있는 건가요?"

"그래, 조이스. 그게 문제가 되니?"

박사는 차트를 내려놓고 걱정스러운 표정을 지어 보였다.

"아뇨."

조이스는 손을 내저었다.

"아니, 제 말은, 그냥 저를 잠들게 할 순 없나요? 제가 아무 걱정할 필요 없게요."

"전신마취를 하면 위험성이 더 높아지지. 이런 수술에서 필요 이상의 위험을 감수하는 걸, 난 추천하지 않는다."

"네."

조이스는 힘없이 대답했다.

라이너 박사는 개수대 아래 서랍을 열고 손거울을 꺼내서 그걸 조이스에게 건네주었다. 그러고는 투명한 액체가 든 작은 병과 족집게를 테이블 위에 올려놓은 뒤, 조이스 쪽으로 소형 컴퓨터가 있는 작은 탁자를 밀었다.

박사는 눈이 그려진 종이를 가리켰다.

"각각의 눈의 차이를 네가 알아차릴 수 있을지 모르겠다. 어디서부터 주름이 시작됐으면 좋겠는지, 가늘어졌으면 좋겠는지, 아니면 가늘어지지 않았으면 좋겠는지, 그건 개인적인 취향의 문제야. 난 그 종이에 있는 주름은 다 만들 수 있단다.”

조이스는 그려져 있는 눈들을 죄다 훑어보았지만 그 차이를 알아볼 수 없었다. 그러자 박사가 눈 한 쌍을 가리켰다.

“이 사람은 쌍꺼풀이 되도록 안으로 들어가서 자연스럽게 보이길 원했지. 봐라, 다른 사진에 있는 눈들과 비교해 주름이 얼마나 좁은지 말이야. 그리고 끝은 솟구쳐 오르지 않고 내려갔어.”

“아…….”

조이스는 마침내 그 차이를 알아냈다.

“어떤 게 저한테 가장 잘 어울리는지 어떻게 아세요?”

박사는 의자에서 일어나 컴퓨터가 있는 작은 탁자로 다가갔다. 그러고는 자판으로 몇 가지 명령어를 톡톡 쳤다. 마법같이, 조이스의 얼굴이 화면에 나타났다. 박사는 조이스의 눈을 확대해서 보여주었다.

“네 눈이 어떻게 보이길 바라는가에 달렸지.”

박사는 커서를 조이스의 눈꺼풀 위로 가져갔다. 이미지가 천천히 바뀌어 조이스의 눈이 열리더니 전에 없던 곳에 가는 주름이 나타났다. 조이스는 손가락으로 눈꺼풀을 치켜세우며 그 모양을 따라 해보았다. 그런 조이스를 보며 박사가 씩 웃었다.

“자, 이제 주름을 더 뚜렷하게 만들 거야.”

박사는 이미지를 조작하여 조이스의 눈 위에 눈에 띄는 선 두 개를 만들었다. 그걸 보며 조이스는 숨을 몰아쉬었다. 진짜 이상해 보였다.

"좀 더 섬세한 걸로 하는 게 좋겠다. 물론 네 취향에 달렸지만."

조이스는 자기 얼굴에 만들어진 이국적인 눈을 물끄러미 바라보았다.

"그렇네요. 저한테는 좀 더 섬세한 게 낫겠어요."

조이스는 수다쟁이 한국인 아줌마들을 생각했다. 쌍꺼풀을 크게 하면 아줌마들이 금세 알아차리고 떠들어댈 거다. 하지만 선이 가늘고 자연스럽다면 알아차리지 못할 수도 있고, 원래 주름이 거기 있었을 거라고 생각할지도 모른다.

라이너 박사는 주름 크기를 줄여 조이스에게 다시 보여주었다.

조이스는 자신을 응시하는 그 눈을 꼼꼼히 살펴보았다. 그러다 여러 종류의 눈 모양이 있는 인쇄물에 눈길이 갔다. 다양한 눈 모양들이 저마다 자기를 골라달라고 말하는 것 같았다. 눈 사진을 얼굴 바짝 당겼다 밀었다 하며 조이스는 각 주름들의 차이를 확인하려 했다. 하지만 딱히 마음에 드는 것을 골라낼 수가 없었다. 백화점에서 옷을 고르는 것보다 더했다. 지나가 옆에 있으면 좋을 텐데.

박사가 몸을 앞으로 내밀었다.

"시험 삼아 해보면 어떨까? 네 눈꺼풀 뒤에 풀을 발라서 주름 효과를 만들어보자꾸나. 그럼 네가 더 큰 것으로 하는 게 좋은지, 아니면 작은 것으로 하는 게 좋은지 확인할 수 있을 게다."

"그럴 수 있어요?"

박사는 작은 병을 들어올렸다.

"아시아 여자들한테는 아주 일상적인 거란다. 영구적인 방법을 선택할 경제적 여유가 없는 여자들은 풀을 붙이거나 눈꺼풀 속에 테이프를 붙이지. 여기 여자들이 가짜 속눈썹을 붙이는 거랑 다르지 않아."

"와."

잠시 뒤 조이스는 덧붙였다.

"전혀 아프지 않죠?"

박사는 웃으며 진료용 고무장갑을 손에 꼈다.

"전혀."

박사는 조이스의 눈 위에 가느다랗게 풀을 살짝 바르고 나서, 족집게를 사용해 조심스레 위쪽 눈꺼풀을 들어올렸다. 조이스가 들고 있던 거울에 마침내 멋지게 주름 잡힌 눈꺼풀이 보였다.

"와, 대단해요."

조이스는 이쪽저쪽 얼굴을 돌려가며 결과를 확인했다. 고작 한쪽 눈꺼풀만 올라갔지만 그 차이는 분명했다. 박사는 자그마한 자를 조이스의 눈에 올려 정확한 치수를 쟀다.

"다른 쪽도 마저 하자꾸나."

박사가 말했다. 조이스는 다른 쪽 눈꺼풀도 풀을 칠할 수 있도록 거울을 치웠다.

조이스는 거울 속 자기 모습에서 눈을 뗄 수가 없었다.

"와우! 엄청나요! 이렇게 작은 변화가 이렇게 큰 차이를 얼굴에 만들 거라곤 진짜 생각 못했어요."

박사는 도구를 다 내려놓고 장갑을 벗었다.

"풀은 하루나 이틀 정도 붙어 있을 거다. 풀을 지우고 싶으면 따뜻한 물로 씻으면 돼. 눈을 비비진 말고."

"네."

조이스는 여전히 자신의 새로운 모습에 어쩔 줄 몰라 했다. 익히 알 듯한 누군가를 보고 있는 느낌이 들었다. 익숙하지만 익숙하지 않은 누군가가 있었다. 누구를 닮았더라?

"조이스? 조이스?"

박사가 재차 불렀다. 조이스는 거울에서 고개를 들어올렸다.

"네 모습이 마음에 드니?"

조이스는 활짝 웃어 보였다. 하지만 주름이 풀릴까 봐 다시 입을 다물었다.

"감사합니다, 선생님!"

박사는 차트를 들어올렸다.

"네가 만들고 싶은 주름 사이즈를 기록할 거다. 수술하러 병원에 왔을 때, 그 사이즈 그대로 하고 싶은지, 아니면 좀 더 크거나 작게 하고 싶은지 얘기해주면 된다."

"그럼 다음에 왔을 때, 이걸 영구적으로 만드는 거예요?"

"너한테 이게 올바른 결정이라고 생각한다면 말이야."

박사는 조이스의 손을 잡았다.

"만나서 반가웠다, 조이스. 인쇄물에 나온 사진들을 좀 더 살펴보고 가렴. 난 네 고모하고 확인할 게 있단다."

라이너 박사는 인쇄물을 남겨두고 밖으로 나갔다. 조이스는 그 인쇄물을 손에 들고 각각의 주름을 유심히 살펴본 뒤 지금 자기 눈꺼풀에 있는 주름과 비교해보았다. 너무 크고 부은 건 밀쳐두었다. 조이스는 사진들을 살펴보면서, 주름이 크고 두꺼울수록 눈 주위가 더 둥글게 보인다는 걸 알았다. 갑자기 샘이 생각났다. 샘이 사람들의 얼굴 사진을 찍어 죽 늘어놓고 하려는 것도 이런 것일까? 다음에 만나면 물어봐야겠다.

거울을 들여다보고 있으니 야릇한 느낌이 들었다. 거울에 비친 이미지가 불만족스러운 건 아니었다. 이쪽저쪽 얼굴을 돌려가며 들여다보는 내내 조이스의 얼굴에서 미소가 떠나지 않았다. 그 차이에 말문이 막혔다. 자기 얼굴을 바라보는 느낌이 너무 좋아 말문이 막혔다. 새로운 눈 모양 덕분에 피부조차 더 좋아 보였다. 눈이 어떻게 보이는지 확인하기 위해 최대한 여러 가지 표정(행복한 표정, 슬픈 표정, 우울한 표정, 궁금해하는 표정, 유혹하는 표정)을 지어본 뒤, 조이스는 마침내 거울을 내려놓고 진료실을 빠져나왔다.

바깥 복도에서 아까 조이스를 검진했던 간호사와 마주쳤다. 간호사가 활짝 웃었다. 조이스도 활짝 웃는 얼굴로 답했다. 대기실을 향해 걸어가는 조이스의 어깨는 한껏 자신감이 넘치고, 엉덩이는 거만하게 흔들렸다.

"조이스!"

고모가 자리에서 일어났다.

"수술하면 네가 달라 보일 줄 알았다. 그래도 헬렌처럼 보일 거라곤 생각 안 했지."

조이스는 뺨을 어루만졌다.

"헬렌이라고요?"

고모는 조이스에게 다가와 눈을 살펴보았다.

"예쁘구나. 의사 선생이 그러는데, 네가 엄청 좋아했다면서? 어떠냐?"

조이스는 옆으로 물러섰다. 조이스가 아까 자신의 새로운 모습에 어쩔 줄 몰라 하면서도 익히 알 듯한 누군가를 보고 있는 느낌이 들었던 건 바로 그 때문이었다.

조이스는 고모를 향해 몸을 돌렸다.

"제가 정말 언니처럼 보여요?"

고모가 고개를 끄덕였다.

"예뻐."

14장
우정과 사랑 사이

조이스는 집 안으로 들어서며 두 팔을 활짝 벌렸다.

"다녀왔습니다!"

그런데 누구도 나와서 조이스를 아는 체하지 않았다. 앤디도 자기 방에서 얼굴을 내밀지 않았다. 엄마와 아빠는 식당에 있을 테고, 언니랑 앤디는 어디 있지? 방으로 들어가 보니, 헬렌은 아직도 침대에 누운 채 머리 위까지 이불을 뒤집어쓰고 있었다.

조이스는 문가에 섰다.

"언니, 앤디는 어디 있어?"

헬렌은 대답하지 않았다.

조이스는 거울 달린 옷장 문으로 가서 거울 속에 비친 얼굴을 살펴보았다. 눈은 여전히 기막히게 예뻤다. 게다가 드디어 차를 몰고 바닷가로 놀러 갈 수 있다는 생각에 절로 신이 난 조이스는 옷장에서 빨간색 저지 탱크 원피스를 꺼냈다.

"라이너 박사님이 무릎 지방도 빼주셨다면 좋았을 텐데!"

조이스는 큰 소리로 말했다. 사실 그건 문제되지 않았다. 얼굴이 너무 마음에 들어서 무릎 지방은 전혀 걱정되지 않았다. 조이스는 스스로 다짐했다. 운동 열심히 해서 통통한 무릎 지방을 빼겠다고.

헬렌이 옆으로 몸을 돌렸다.

"나한테 얘기한 거야?"

"나한테 얘기한 거야."

조이스는 옷장 앞에서 걸어 나와 자신의 달라진 모습에 헬렌이 뭐라고 말해주길 기다렸다. 그러면서 일부러 천천히 눈을 깜빡였다.

헬렌의 입이 한쪽으로 일그러졌다.

"너, 수술했니?"

"이건 임시로 한 거야. 다음 달에 영구 수술 하기로 예약 잡았어."

조이스는 거울로 가서 눈꺼풀에 접힌 주름을 살펴보았다.

"더 크게 하는 게 나을까?"

헬렌이 침대에서 몸을 일으켜 자리에 앉았다.

"내가 보기엔, 하지 않는 게 좋을 것 같다."

조이스는 얼굴을 찌푸렸다.

"날 응원해주면 어디 덧나? 내 말은, 어쨌거나 내가 이걸로 행복해지면 문제될 건 전혀 없다는 거야!"

그렇게 말해놓고 보니, 누군가의 말을 그대로 따라 한 것 같은 기분이 잠깐 들었다.

헬렌이 일어나 문으로 걸어가며 말했다.

"행복해서 문제될 건 없어. 하지만 그 행복이 가짜 겉치레 위에 세워진 거라면, 너 스스로를 바보로 만드는 거야. 난 네가 그렇게 겉치장을 하는 사람일 거라곤 믿지 않아."

조이스는 몸을 휙 돌렸다.

"입 다물어. 자기가 뭐라고 떠드는지 알지도 못하면서! 가짜 겉치레라고? 예뻐 보이고 싶은 게 바보 같은 짓이라고? 왜 언니는 언제나 그렇게 고상하고 훌륭한 척하는데? 언니가 뭔데 날 판단해?"

"널 판단하는 게 아냐. 네가 이 성형수술에 대해 좀 더 진지하게 생각해봤으면 하는 거지. 기적의 치료법 같은 건 없어."

"아, 그러니까, 이젠 기적도 날 구하지 못할 거란 말이야?"

조이스는 가운뎃손가락을 치켜세웠다.

"그래, 난 예쁘지 않아. 하지만 난 누구처럼 추악하지도 않아."

"내 말이 그 말이야. 넌 고등학생이야. 넌 너 자신을 아직 몰라. 달라질 게 한두 가지가 아니라구."

"언니처럼 의사라는 대단한 목표를 가진 '범생이' 만 중대한 결정을 내릴 줄 아는 건 아냐."

"조이스, 넌 지금 드라마 퀸(사소한 일에 소란을 떠는 여성을 가리키는 말:옮긴이)처럼 굴고 있어. 나중에 얘기하자. 씻고 바로 나가야 해. 안 그럼 모임에 늦을 거야."

"나, 차가 필요해. 언니가 말했잖아? 오늘 나 대신 식당 일 해준다고."

조이스는 힘주어 말했다.

헬렌은 고개를 내저었다.

"미팅 끝나고 해줄게, 조이스."

조이스는 거울 속의 헬렌을 뚫어져라 바라보았다. 내내 가득 차 있던 분노가 폭발했다.

"알아, 언니? 수연 언니 떠난 뒤부터 변덕부리고 못되게 구는 거? 이렇게 자기중심적인 사람하고 친구가 될 수 없어서 수연 언니가 가버린 건지도 모르지. 수연 언니는 분명 언니랑 친구 때려치우려고 식당 일을 그만뒀을 거야. 로스앤젤레스를 떠난 게 아니라……."

조이스는 마구 소리 질렀다.

헬렌의 얼굴이 굳었다.

"너, 수연이를 봤어? 내가 얼마나 찾으러 돌아다녔는데……."

조이스는 못 들은 체하고 빨간색 원피스를 앞에 대보았다.

"얼른, 조이스. 어디서 수연이를 봤는데?"

"나, 차가 필요해."

헬렌의 눈동자가 흔들렸다.

"좋아, 차 써. 그러니까 어디서 봤는지 말해줘."

"못 봤어."

헬렌이 바닥으로 쿵 주저앉았다.

"네가 그랬잖아, 봤다고. 봤다며? 로스앤젤레스에서 봤다며?"

조이스는 헬렌에게 미안한 느낌이 들었지만, 그래도 싸다는 생각이 들었다. 조이스는 헬렌의 서랍장에서 차 열쇠를 움켜쥐고는 빨간색 원피스를 들고 복도로 달려 나갔다.

"로스앤젤레스를 떠난 게 아닐 거라고 했지, 봤다는 말은 안 했어."

그렇게 내뱉고는 욕실 문을 꽝 닫아버렸다.

조이스가 저지 탱크 원피스를 입고 욕실을 나오니, 방문이 닫혀 있었다. 조이스는 주방에서 지나에게 전화를 걸었다.

"오늘 누가 차 갖고 있는지 알아? 그래, 그래. 내가 데리러 갈게. 또 무슨 일 있었는지 알아? 나, 눈이 확 달라졌어. 그러니까 넌 화장품 가방 준비해."

지나가 꺅 비명을 질러대는 바람에 조이스는 수화기를 멀리 뗄 수밖에 없었다. 조이스는 전화를 끊고 신이 나 엉덩이를 흔들며 거실을 가로질러 밖으로 나갔다.

* * *

조이스는 창문을 활짝 열고 고속도로를 달려갔다. 조이스의 마음이 훨훨 날아가는 것처럼 머리칼도 바람에 흩날리며 얼굴에 마구 채찍질을 해댔다. 조이스는 핸들을 꽉 잡고 운전교육 때 배운 것처럼 몇 분마다 사이드미러를 확인했다. 조수석에 앉은 지나는 라디오에 맞춰 노래 부르며 한쪽 발을 창밖으로 내밀었다. 그러더니 조이스를 가리키며 사진 찍는 시늉을 했다. 조이스는 기뻤다. '절친'과 함께 낄낄 웃고 있어서, 또 자기가 예뻐 보인다는 걸 확인해서.

조이스의 피부조차 협조적이었다. 지나가 파우더를 발라주니 마법처럼 모공이 줄어들었다. 그리고 눈. 조이스는 다시 백미러 속 눈을 흘끗 바라보았다. 놀라운 변신이었다. 지나는 검은색으로 라인을 그리고 반짝거리는 옅은 핑크빛 아이섀도를 가장자리에 펴 발라주었다. 하지만 낮이라 진하게 칠하지는 않았다. 지나는 조이스에게 저녁에 쓸, 더 짙고 드라마틱한 색깔의 아이섀도를 보여주었다. 조이스는 특별한 저녁, 무도회 저녁에 그 아이섀도를 바른 자기 모습을 떠올리며 공상에 빠졌다. 존은 조이스를 바짝 안은 채 느릿느릿 춤추며 조이스의 눈을 그윽한 눈빛으로 바라볼 거다. 조이스의 눈에 흠뻑 빠져서.

하늘에는 별들이 가지런히 늘어선 채 밝게 빛나고 있었다. 모든 징조가 완벽한 날을 예고하고 있었다. 올 여름 조이스의 인생이 달라질 것이라는 데에는 의심의 여지가 없었다.

바닷가에 도착한 조이스는 조심스럽게 차를 세웠다. 조이스와 지나는 차에서 내려 산책길을 걸으며 교회 사람들을 찾았다.

"리사 언니를 찾았어."

배구 네트 주위에 몰려 있는 사람들을 가리키며 조이스가 말했다. 지나는 통통한 뺨을 가리려고 쓴 커다란 선글라스를 매만졌다.

"다음번에 라이너 박사님 만나면 뺨이 통통한 사람들 지방도 빼주냐고 물어봐줄래?"

지나가 물었다.

"그래, 내 통통한 무릎 하고 나면."

조이스는 친구를 물끄러미 바라보았다. 갑자기 친구가 걱정스러웠다.

"왜 그래?"

"리사랑 저 친구들 전부 다 너무 멋져. 조이스, 너도 멋지고. 난 안 어울리는 거 같아."

조이스는 고개를 저었다.

"걱정 마. 그 치마하고 탱크 탑, 진짜 멋져. 누구도 너처럼 꾸미진 못해."

조이스는 그러면서 지나가 목에 자연스럽게 묶은 예쁜 손수건을 가리켰다.

두 사람은 배구 하는 패거리를 향해 다가갔다.

"야, 저게 누구야?"

지나가 선글라스를 벗으며 물었다.

"누구?"

그 사람이 옆으로 돌아섰다. 조이스가 눈을 가늘게 뜨고 보니, 그의 손에 카메라가 들려 있었다.

"샘이 이딴 거 하러 오는지 몰랐네."

"아, 내가 전화해서 알려줬어. 네 모델이 여기 납실 거라고."

지나가 그쪽을 향해 걸어가며 말했다.

조이스는 지나를 따라 달려가며 치맛단이 올라가지 않게 짧은 원피스를 움켜잡았다.

"난 사진 찍기 싫어. 샘이 내 눈 알아차리면 뭐라고 할 거야."

"샘은 좋은 애야. 그러니까 걱정 붙들어 매셔. 네 눈 진짜 예뻐. 자부심을 가지라구."

조이스는 콧방귀를 뀌었다. 그래도 은근히 기대가 되었다. 리사에게 달라진 눈을 얼른 보여주고 싶었다.

리사는 배구 코트 옆쪽에서 여자 친구들과 같이 있었다. 지나와 조이스가 다가가자, 리사는 웃으며 손을 흔들었다.

"안녕, 조이스."

리사는 조이스를 다시 찬찬히 바라보더니 뭔가 알겠다는 듯한 표정을 지었다. 조이스는 웃으면서 한쪽 입꼬리를 올렸다. 리사가 일요일에 조이스에게 보냈던 미소처럼 신비롭게 보이길 바라며…….

"안녕, 리사 언니."

"너, 너무 예뻐 보인다."

리사가 조이스에게 관심을 보이자, 모여 있던 친구들도 조이스가 예뻐 보인다며 한 마디씩 거들었다.

"그 원피스, 너한테 딱이다."

리사의 말에 조이스는 자기 옷을 내려다보았다.

"고마워요! 여긴 제 친구 지나예요."

조이스는 지나를 다른 사람들에게 소개해주었다.

지나가 옆으로 엉거주춤 섰다. 리사가 조이스에게 말을 하면 할수록 지나는 그룹에서 조금씩 멀어져 갔다. 조이스가 가까이 오라고 손짓했지만, 지나는 오지 않았다.

리사가 말했다.

"난 그렇게 짧은 원피스나 치마를 입을 때, 허벅지가 엄청 신경 쓰이더라. 넌 안 그래서 좋겠다."

'허벅지'라는 말에 다른 여자들이 호호 웃음을 터뜨리며 자신의 불만족 사항을 늘어놓기 시작했다. 주근깨, 울퉁불퉁한 허벅지, 축 늘어진 팔뚝, 이중 턱, 머리카락, 여드름, 작은 가슴, 너무 큰 가슴, 얇은 입술.

"전 무릎이 걱정이에요."

조이스의 고백에 리사가 조이스의 다리를 내려다보았다.

"아, 그래, 무슨 말인지 알겠어. 무릎 위에 조그맣게 불룩 나온 거 말이지? 새로 개발된 레이저 지방흡입술을 하면 돼."

조이스는 몸이 오그라들었다. 다리를 꼬거나 앉아 비치타월로 무릎을 가리고 싶었다. 왜 이 원피스를 입고 나왔을까? 게다가 그 많은 색 중에서 하필이면 빨간색을. 통통한 무릎이 더 두드러져 보이지 않을까?

옆쪽에서 찰칵찰칵 카메라 셔터 소리가 들렸다.

"샘, 제발 그만해!"

조이스는 얼른 손으로 얼굴을 가렸다.

"야, 이러면 안 되지."

샘이 사진을 찍다 말고 다가왔다.

"전시회 하기 전에 사진 찍어야 한단 말이야. 내 모델 되겠다고 그랬잖아."

조이스는 리사에게서 조금 떨어져 이를 앙 다문 채 종알거렸다.

"하루 종일 모델이 될 줄은 몰랐지."

샘이 뒤로 물러섰다.

"더 이상 포즈를 취하고 싶지 않다면, 그냥 말해. 다른 사람 찾아 볼 테니까."

조이스는 부리나케 손을 흔들었다.

"잘 가, 샘. 다른 사람 찾아봐."

샘이 마지막 사진을 찍고 돌아서자, 조이스는 원피스 옆자락을 잡고 리사 일행에게 돌아갔다. 그들은 물속에 있는 누군가를 가리키며 애기를 나누고 있었다. 지나는 약간 떨어져서 그들의 애기에 귀 기울이고 있었다.

"샘은 대단한 스토커가 될 거예요."

조이스가 리사에게 말하자, 지나가 조이스를 째려보았다. 하지만 조이스는 못 본 체했다.

리사는 손차양을 만들어 바다를 내다보며 말했다.

"아무나 너한테 사랑에 빠지지 않게 조심해야 해."

"아, 아녜요. 샘은 그냥 친구일 뿐이에요."

그러자 지나가 헛기침을 했다.

"누가 그러더라. 샘이 조이스한테 홀딱 빠져 있다고."

리사는 손을 내리고 지나의 말에 의견을 보탰다.

"저 루저가 누군가를 따라다니는 게 분명해. 지난주 일요일, 내가 돌아볼 때마다 그 애가 누구 사진을 찍고 있더라. 그 애는 어디든 그 카메라를 갖고 다니나 봐. 좀 섬뜩해. 그 애가 인터넷에 뭘 올릴지 누가 알겠니?”

“아무것도 모르면서 함부로 말하지 마세요. 샘은 뛰어난 사진가란 말이에요.”

지나가 불쑥 내뱉었다.

리사가 빈틈없이 꼼꼼하게 칠한 붉은색 입술을 벌려 지나를 향해 불을 내뿜으려는 순간, 조이스가 끼어들었다.

“저, 리사 언니. 아까 새로운 레이저 기술이 있다고 얘기하셨죠?”

조이스는 자기 무릎을 가리키며 물었다.

리사가 조이스에게 관심을 돌리자, 지나는 바다를 바라보며 팔짱을 꼈다.

“그래, 유럽에서 사용하는 신기술인데 미국에선 아직 검증되지 않았어. 레이저를 사용해 지방을 부드럽게 녹여내는 거야. 네 무릎의 지방 주머니뿐 아니라, 뺨에 지방 덩어리가 많은 뚱뚱한 얼굴에도 레이저를 사용해.”

지나가 선글라스를 벗고 리사를 향해 섰다.

“지금 나한테 뚱뚱하다고 했어요?”

리사가 콧방귀를 뀌었다.

“아니. 근데 넌 귀에 문제가 좀 있는 것 같다. 너에 대해 말한 걸로 듣다니 말이야.”

“무슨 말 했는지 다 들었어요.”

공격하려는 뱀처럼 지나의 머리가 꿈틀거렸다.

조이스는 지나에게 얼른 다가갔다.

"너한테 뚱뚱하다고 그런 거 아냐."

지나가 뒤로 물러섰다.

"네가 리사 편을 들다니 믿을 수 없어. 리사는 샘보고 섬뜩한 루저라고 그랬어. 게다가 넌 내가 뚱뚱하다는 말을 듣고도 가만히 있었잖아."

"네가 뚱뚱하다고 한 게 아니라니까!"

조이스는 지나에게 바짝 다가가 속삭였다.

"그만 성질 부려. 네가 오해한 거야. 리사 언니는 착한 사람이야. 그러니까 가만히 좀 있어."

다시 선글라스를 쓰며 지나가 말했다.

"너, 그거 알아? 쌍꺼풀 좀 했다고 네가 리사 같은 애랑 어울릴 줄은 몰랐어. 난 여기서 그만둘래."

그러고는 뒤돌아 걸어갔다.

지나를 쫓아가려는데, 리사가 숨을 몰아쉬는 소리가 들렸다. 돌아보니, 리사가 다시 손차양을 만들어 바다를 내다보고 있었다.

"저 애, 정말 멋지지 않니?"

리사가 바다를 가리키며 말했다.

조이스는 리사의 손가락을 따라가 보았다. 그 순간 지나를 쫓아가야 한다는 생각이 사라져버렸다. 조이스의 마음에는 단 세 마디 단어만 들어갈 여유밖에 없었다. 존 포드 강.

15장

연적이 나타나다

존 포드 강이 마치 서핑의 신처럼 파도 속에서 불쑥 몸을 드러냈다. 젖은 머리칼을 뒤로 넘긴 뒤 서핑보드를 한쪽 팔에 낀 존은 해변으로 돌아와 자기 타월 옆에 앉았다. 바닷말 몇 개가 존의 탄탄한 근육질 가슴에 달라붙어 있었다.

조이스의 입이 떡 벌어졌다. 리사를 돌아보니, 그녀 역시 조이스만큼이나 입이 떡 벌어진 채 존을 바라보고 있었다.

"저 애 알아요?"

조이스는 존의 구릿빛 피부에 시선을 고정한 채 리사에게 물었다.

"응. 저 애 아빠가 우리 삼촌이랑 같은 소프트웨어 회사에서 일하거든."

리사는 존을 뚫어져라 바라보았다.

"저 애 엄마하고 아빠가 별거 중이라니, 참 안됐어."

"정말요?"

조이스가 묻자, 리사가 목소리를 낮추었다.

"존 엄마가 직장에서 영국 남자랑 바람피우다 걸렸대. 사실 좀 슬퍼. 엄마랑 떨어져 있으니 상실감이 얼마나 크겠어. 하지만 우리 삼촌이 좀 더 한국적인 것들을 존네 가족한테 보여주려고 노력 중이야. 무슨 말인지 알지? 한국인 교회에 다니게 하고, 한국인 가족들과 어울리게 하고…… 한국인 문화를 맛보게 해주려는 거지."

희미하게 전화벨 소리가 들리는 것 같았다. 리사가 휴대전화를 주머니에서 꺼내 들여다보았다.

"전화 좀 받을게. 그 애한테 가서 내 친구라고 소개하면 반갑게 맞아줄 거야."

리사가 전화를 받기 위해 자리를 옮긴 뒤, 조이스는 그대로 선 채 뭘 할까 생각했다. 저 멀리, 샘과 지나가 배구장에서 멀어져 가는 게 보였다. 하지만 조이스는 존에게서 눈을 뗄 수 없었다.

배구 연습하는 남자애 몇 명이 존을 소리쳐 불렀다. 존이 흘끗 올려다보았다.

조이스는 꽁꽁 얼어붙었다.

존이 손을 흔들었다.

혹시 자기 뒤에 있는 사람한테 손을 흔드나 싶어 돌아보았지만, 뒤에는 아무도 없었다. 조이스는 머뭇머뭇 손을 들어 손가락을 살짝 흔들었다. 존이 웃었다. 이제 어떡하지? 리사 언니라면 뭘 어떻게 할까?

'가서 말을 걸어.' 조이스는 속으로 중얼거렸다. 하지만 발이 떨어지지 않았다.

존이 조이스를 향해 걸어오기 시작했다. 통통한 무릎이 드러나 있다는 걸 깨달은 조이스는 원피스를 움켜쥐고 치맛단을 자꾸 밑으로 내렸다.

"안녕."

존이 말했다.

조이스는 얼어붙었다. 손은 아직도 원피스를 움켜쥔 채였다.

"안녕."

조이스는 잘 안 나오는 쉰 목소리로 인사를 건네며 존을 올려다보았다.

"교회 행사에 네가 오는지 몰랐어."

조이스는 억지로 손을 원피스에서 떼어냈다.

"잘 안 와. 그러니까, 안 좋아한다는 게 아니라……."

조이스는 존네 가족이 한국인 문화에 다시 어울리려 한다는 리사의 말을 기억해냈다.

"한국인 친구들과 어울리는 건 꽤 근사한 일이야."

"맞아. 근데 여기엔 아는 사람이 별로 없어."

배구를 하는 패거리를 둘러보며 존이 대답했다.

"그렇구나."

조이스는 놀란 체하며 대꾸했다.

존이 조이스를 향해 다시 돌아섰다.

"그날 너네 식당에서 만나서 반가웠어."

"뭐? 식당에서?"

바보처럼 주방 문가에 매달려 내다보는 걸 봤다고?

존은 당황한 듯 조이스를 바라보았다.

"우리 아빠랑 삼촌, 고모들하고 인사했잖아. 왜 그래, 헬렌."

조이스는 존과 헬렌이 서로 안으며 인사했던 걸 기억해냈다.

"아, 그래. 넌 내가 헬렌이라고 생각했구나!"

조이스는 웃음을 터뜨렸다.

존은 다시 머리칼을 뒤로 넘겼다.

"난 조이스야."

조이스는 엄지손가락으로 자신을 가리켰다.

"누구라고?"

"헬렌 동생, 조이스."

존은 조이스의 얼굴을 가까이 살펴보았다. 뒤로 물러나더니 이번엔 몸 전체를 살펴보았다. 조이스는 얼굴이 뜨거워져 잠시 시선을 딴 데로 돌렸다. 나를 헬렌으로 생각했다니. 존에게 그 사실을 알려주지 말았어야 했나?

"조이스라고?"

조이스는 어깨를 쭉 펴고 자기가 헬렌처럼 보인다는 사람들의 말을 떠올렸다. 고모조차 그렇게 말했었다. 조이스는 눈을 크게 뜨고 존을 바라보았다.

"우리, 화학 수업 같이 들었어."

존이 한 걸음 다가왔다.

"네가 화학 수업시간에 있었다고?"

"그래. 그때 넌 내 학년앨범에 사인도 해줬어."

조이스를 뚫어져라 바라보던 존이 큰 소리로 웃음을 터뜨렸다.

"잠깐! 방학하는 날, 나랑 부딪쳤지?"

"네가 날 쓰러뜨렸어!"

조이스는 손가락으로 존의 매끄럽고 건장한 어깨를 콕 찔렀다. 현기증이 일었지만 조이스는 가까스로 자세를 유지했다. 조이스는 스스로를 꼬집고 싶었다. 아니, 존을 꼬집고 싶었다. 아니면 다시 존의 어깨를 찌르든가. 조이스는 존 포드 강과 이렇게 시시덕거리고 있다는 게 도무지 믿기지 않았다.

"그게 너였구나! 젠장."

존이 고개를 뒤로 젖히며 다시 웃음을 터뜨렸다.

"무슨 뜻이야?"

조이스는 상처 입은 척 말했다.

"진짜 너무 달라 보여서."

조이스는 엉덩이를 뒤로 빼고 허리에 손을 얹었다. 존의 시선이 가슴으로 옮겨 가는 것을 조이스는 눈치 챘다. 그래서 가슴이 멋지게 부풀어 오르도록 재빨리 숨을 들이쉬었다 내뱉었다. 이윽고 존의 눈동자가 조이스의 눈동자와 마주쳤다. 조이스는 반짝거리는 아이새도의 효과가 최대한 나게 눈을 천천히 깜빡거렸다. 겨드랑이에서 온천처럼 땀이 마구 샘솟는 게 느껴졌다. 조이스는 팔을 옆구리에

딱 붙인 채 존의 얼굴을 올려다보았다.

"너, 안경 써야겠더라. 학년앨범에 린 송이라고 사인했거든."

조이스가 입을 삐죽거리며 말하자, 존의 눈이 일그러졌다.

"린? 얼굴 앞에 맨날 머리카락을 매달고 다니는 애?"

조이스는 방학하는 날 여드름 자국을 숨기기 위해 머리카락을 내려뜨렸던 걸 떠올렸다. 그리고 부스스한 생머리가 늘 얼굴을 덮고 있는 린의 모습을. 그제야 이해가 됐다. 그러니까 화학 수업 때 존은 얼굴을 가린 머리카락 때문에 조이스를 린으로 착각했던 거다.

조이스는 쌍꺼풀이 생긴 눈으로 존의 커다란 녹갈색 눈동자를 바라보았다. 존은 조이스가 꿈꾸어온 모든 것이었다. 상상해왔던 것. 내내 바랐던 것. 마침내 그 일이 일어났다. 조이스에게! 조이스는 한껏 힘을 준 자신의 몸에서 뿜어져 나오는 에너지를 느낄 수 있었다. 존이 블레빈스 선생님에 대한 농담을 할 때, 조이스는 존의 미소가 지닌 매력을 느낄 수 있었다. 아주 가까이 있었기에 존의 피부에서 바다 냄새를 맡을 수 있었다! 서로 정말 잘 아는 사이처럼 이야기를 나누고 있었다. 마법이었다. 리사 임의 말이 맞았다. 쌍꺼풀은 어떻게 보이느냐가 아니라, 어떻게 생각하고 행동하느냐의 문제였다. 이게 정말 나란 말인가? 조이스의 마음은 네트 위를 날아다니는 배구공처럼 높고 빠르게 치솟았다.

"어이, 존."

막 공을 날린 남자애가 소리쳤다.

"너 배구 할 거야, 아니면 거기 예쁜 여자애랑 계속 노닥거릴 거야?"

"곧 갈게."

존이 대답했다.

그러자 그 남자애가 큰 소리로 늑대 같은 휘파람을 불었다.

그때 리사가 걸어오며 소리쳤다.

"안녕! 너희 둘, 벌써 인사했구나."

그러고는 미끄러지듯 존의 어깨에 몸을 기댔다.

"헬렌, 아니 조이스랑 내가 같이 화학 수업 들었다는 거 알아?"

존이 뒤로 물러서며 말했다.

"정말?"

리사가 존의 얼굴을 올려다보며 물었다.

"그런데도 서로 몰랐다고?"

조이스는 리사가 존을 향해 몸을 어떻게 비비 꼬는지 꼼꼼히 살펴보았다.

리사가 콧소리를 냈다.

"같은 수업을 들으면서도 서로 알지 못했다니, 믿을 수 없는 일인걸."

"음, 너도 나랑 1년 이상 알고 지내왔지만 2주 전까지만 해도 친구가 아니었잖아."

존의 말에 리사가 까르르 웃음을 터뜨리더니 존의 가슴 근육을 어루만졌다.

"그래, 맞아."

칼로 찌르는 것 같은 통증이 강타하는 바람에 조이스의 어깨가 앞으로 휘었다. 뒤로 뺀 조이스의 엉덩이도 꼴사납게 무너졌다. 조이스의 눈에서 눈물이 핑 돌았다. 심장이 두근거렸던 것만큼이나 순식간에, 수치스러움이 물밀듯 밀려왔다.

조이스는 모래가 얼굴에 날려온 척했다.

"바람이 오늘 정말 장난 아니네."

그러고는 돌아서서 눈가의 눈물을 훔쳤다. 리사하고 사귀고 있는데도 그렇게 다른 여자랑 시시덕거리다니. 리사가 바로 근처에 있는데도 말이다. 문득, 헬렌이 존은 '선수'라고 말했던 게 떠올랐다.

조이스는 눈물을 닦았다. 마음이 소용돌이치며 존의 마지막 말에 달라붙었다. '친구'. 존은 여자친구라고 말하지 않았다. 그냥 친구라고 말했다. 바로 그거다. 리사와 존은 가족끼리 서로 아는 친구다. 그리고 친구 사이에도 애정 표현은 있을 수 있는 거다. 리사와 존은 그저 친구일 뿐이라고, 조이스는 믿었다.

"빨리 와, 플레이보이."

에디가 네트 뒤에서 소리쳤다.

존은 에디에게 손을 흔들어주고는 리사의 촉수에서 몸을 풀었다.

"또 보자. 가서 김치 바보들을 날려줘야겠어."

조이스는 밝게 웃으며 말했다.

"한 방 먹여버려, 존."

문득 존이 조이스를 자세히 들여다보며 물었다.

"너, 눈 괜찮아?"

“뭐?”

조이스는 손끝을 들어올려 조심조심 눈가로 가저갔다.

“눈에 모래가 좀 들어갔어.”

그때 리사가 끼어들었다.

“에디 심장마비 걸리기 전에 가서 좀 도와줘.”

그러고는 존의 등을 떠밀었다.

존이 배구장으로 달려가자, 리사가 조이스에게 다급히 속삭였다.

“오른쪽 쌍꺼풀 풀렸어.”

“이런!”

조이스는 재빨리 눈을 가렸다.

“난 네가 진짜 수술한 줄 알았어. 어쩐지 참 빨리도 회복됐다 생각했지.”

조이스는 손을 치웠지만, 고개는 계속 숙인 채였다.

“라이너 박사님이 풀로 붙여줬어요. 나한테 맞는 쌍꺼풀 사이즈를 보려고요.”

“풀 좀 더 있어? 내가 다시 붙여줄게.”

“아녜요. 그냥 집에 가야겠어요.”

“바비큐 파티 같이 못 해서 안됐다.”

리사가 배구 경기를 보며 말을 이었다.

“세상에! 고등학생인데도 저렇게나 멋있다니. 그래도 문제될 건 없어.”

“문제될 게 없다니, 그게 무슨 말예요?”

조이스는 뚱하니 모래밭을 바라보며 물었다.

"존이 날 좋아한다는 거……."

리사가 대답했다.

조이스는 눈을 비비고는 치맛자락을 확 아래로 내렸다.

16장
헬렌의 고백

조이스는 치맛자락을 아래로 꼭 붙잡은 채 모래밭을 간신히 통과했다. 지나와 샘은 아무 곳에도 보이지 않았다. 이미 가버렸나 보다. 착잡한 기분으로 조이스는 자동차 문을 열었다. 몸에 달라붙은 모래알 따윈 전혀 신경 쓰이지 않았다. 대단한 모험처럼 시작한 하루가 해변에서 다 불타버린 것 같았다. 갑작스레 피곤함이 온몸으로 밀려왔다. 조이스는 백미러로 눈을 살펴보았다. 한쪽 눈이 풀려 얼굴이 짝짝이로 보였다. 보기 흉했다. 나머지 눈꺼풀도 풀어보려 했지만 너무 단단히 붙어 있어 쉽지 않았다.

"아, 아, 아야!"

살갗이 떨어질까 싶어 쌍꺼풀을 풀다 그냥 내버려두었다. 항상 그렇지 뭐! 제대로 되는 게 뭐 있나? 조이스는 자동차 시동을 걸었다. 쌍꺼풀을 하지 말라는 나쁜 징조일지 모른다. 아니, 영구 수술을 했다면 눈꺼풀이 풀리지 않았을 텐데. 그럼 바비큐 파티까지 남아 존과 더 많은 얘기를 나눌 수 있었을 거다. 리사는 뭘 믿고 존이 자기를 좋아한다고 확신하는 걸까? 리사가 아닌, 조이스야말로 개학하면 매일 존을 볼 수 있는 사람이다. 조이스는 개학까지 얼마나 남았는지 계산해보았다. 조이스의 계획은 아직 유효하다. 자, 조만간 계획대로 수술을 한다면……. 리사가 존을 독점한 건 아니다. 존은 헬렌을 쫓아다닌다. 이젠 조이스를 쫓아다닐 수도 있는 거다. 존은 아까 나랑 시시덕거렸으니까, 안 그래? 조이스는 눈을 비볐다. 이 모든 게 그저 몽상에 불과한 걸까? 지나랑 얘기했으면 좋겠다.

주차장에서 천천히 빠져나가려 할 즈음, 지나와 샘이 주차장으로 다가오는 게 보였다. 조이스는 차를 세우고 둘을 향해 미친 듯이 손을 흔들었다. 갑자기 지나가 몸을 휙 돌렸다. 샘도 조이스를 흘끗 보더니 지나처럼 몸을 돌렸다. 조이스는 손을 내렸다. 지나와 샘이 아무것도 아닌 일로 등을 돌려버리다니, 조이스는 믿기 어려웠다. 지금이야말로 친구들의 협조가 절실히 필요할 때가 아닌가? 지나는 처음부터 조이스가 수술하도록 등을 떠민 사람이다. 그런데 이제 지나는 우정과 새로운 자아 사이에서 조이스에게 선택을 강요하고 있었다. 조이스는 조심스레 차를 후진시킨 뒤 주차장을 빠져나왔다. 코를 훌쩍거리는 소리가 텅 빈 차 안에 울려 퍼졌다.

조이스가 아파트 마당으로 들어설 즈음 해가 뉘엿뉘엿 지고 있었다. 선홍빛과 오렌지빛으로 물든 하늘을 배경으로 높다란 종려나무 잎들이 물결치고 있었다. 조이스는 마당을 지나쳤다. 등을 돌린 두 사람의 모습이 여전히 마음속에서 떠나질 않았다. 아파트 계단을 오르는데, 계단 중간쯤에 헬렌이 식당 옷을 입은 채 하늘을 물끄러미 바라보며 앉아 있었다. 헬렌이 혼자 앉아 있는 모습을 보니 조이스가 느낀 깊은 고독감이 메아리쳤다. 올 여름 헬렌이 저렇게 혼자 앉아 있는 걸 얼마나 많이 보았던가? 조이스는 헬렌이 우울하게 앉아 있는 모습을 대수롭지 않게 여겼었다. 하지만 이젠 그 기분이 어떨지 좀 알 것 같았다. 아침에 헬렌한테 못되게 굴었던 게 생각났다.

"언니."

조이스는 아직 화가 풀리지 않았으면 어쩌나 싶어 머뭇거렸다.

헬렌은 손바닥으로 턱을 괸 채 눈만 들어올렸다.

"잘 갔다 왔어?"

조이스는 헬렌 옆에 앉았다.

"일하러 안 가?"

"가려고 했는데, 엄마한테 전화가 왔어. 신문 광고 보고 누가 왔다고. 지금 아빠한테 일 배우고 있대. 그래서 일찍 안 가도 돼."

헬렌은 희미한 미소를 지으며 조이스의 샌들에 들러붙은 모래를 물끄러미 내려다보았다.

"바닷가에서 잘 놀았어?"

조이스는 어깨를 으쓱해 보였다.

"별로."

헬렌은 아무 반응도 보이지 않았다.

"아까 차 가져가서 미안해. 모임에 못 갔어?"

"응. 근데, 괜찮아."

"정말? 연구팀에서 잘리면 어쩌려고?"

"잘렸으면 좋겠다."

헬렌은 웃으며 말했다.

"뭐라고?"

조이스는 깜짝 놀랐다. 높은 목표를 가진 언니답지 않았다.

"의사가 나한테 맞는지 어쩐지 잘 모르겠어."

"왜 그래? 언니는 최고의 정신과 의사가 될 자질이 있어."

"고마워. 하지만 나한테 그 직업에 헌신하고 싶은 열정이 있는지 모르겠어. 내가 진짜 그걸 원하는지도 모르겠고. 의사가 되는 게 나를 위한 게 아닐지도 모른다는 생각이 점점 더 들어."

"엄마 아빠한테 말했어?"

헬렌은 고개를 내저었다.

조이스는 걱정스러웠다. 조이스가 기억하는 한, 부모님은 아주 어렸을 때부터 헬렌이 반드시 의사가 될 거라고 늘 얘기해왔다. 헬렌의 얘기를 들으면 부모님이 뭐라고 할지 조이스는 궁금했다. 아마 엄청 실망할 거다.

"내가 누구인지조차 모르겠는데, 뭔들 중요하겠어?"

헬렌이 하도 작게 말해서 조이스는 겨우 알아들을 수 있었다.

조이스는 헬렌을 바라보았다.

"미안해, 수연 언니를 본 거 같다고 거짓말해서."

수연이란 이름에, 헬렌은 눈을 질끈 감았다. 아랫입술이 떨리기 시작했다. 헬렌의 얼굴에 이는 고통이 너무도 눈에 선명해서, 조이스는 차마 바라보고만 있을 수가 없었다. 얼마나 오랫동안 이렇게 힘들어했을까? 조이스는 헬렌의 어깨에 팔을 둘렀다.

"너무 힘들어."

헬렌이 흐느끼기 시작했다.

"괜찮아, 언니. 그만 울어. 괜찮을 거야."

"어떻게 해야 할지 모르겠어."

"엄마 아빠는 크게 신경 쓰지 않을 거야. 내가 의사가 될 수도 있잖아. 걱정 마, 언니."

"조이스, 넌 어쩜 그렇게 대책이 없니?"

헬렌이 손으로 얼굴을 가리며 말했다.

"뭐라고? 난 언니를 도와주려는 거야. 내가 의사가 못 될 것 같아? 내가 고등화학에서 몇 점 받았는지 알아?"

조이스가 발끈하자, 헬렌이 고개를 숙였다.

"조이스, 의사 얘기가 아니야."

조이스는 얼굴을 찌푸렸다.

"그럼 뭔데? 수연 언니 보고 싶어서 그래?"

헬렌은 잠깐 수영장을 응시하다 말고 조이스를 흘끗 바라보았다.

"수연이랑 난 정말 친했어, 조이스."

"알아."

"난 수연이랑 사랑에 빠졌어."

조이스는 후다닥 자리에서 일어났다.

"사랑에 빠졌다니, 그게 무슨 말이야?"

헬렌은 고개를 들어 조이스의 얼굴을 들여다보았다.

"난 수연이를 사랑했어."

헬렌의 뺨에 눈물이 주룩주룩 흘러내렸다.

"지금 사랑이라고 그랬어? 친구들끼리의 우정 같은 게 아니라, 그러니까, 사랑, 사랑!"

조이스의 말에 헬렌이 고개를 끄덕였다.

"이거 엄청난데? 너무 심해."

조이스는 몸을 돌렸다.

"엄마 아빠도 알아?"

헬렌은 고개를 끄덕였다.

"엄마 아빠가 알고 있었다고? 그런데 아무도 나한테 말 안 했다고? 이게 뭐야? 왜 나한테는 말 안 했어?"

헬렌은 고개를 저었다.

"몇 번 말하려 했어. 하지만 넌 늘 나한테 화가 나 있거나, 네 문제로 정신이 없었어. 너랑 같이 앉아 얘기할 기회가 정말 없었어."

조이스는 계단을 왔다 갔다 했다. 언니가 동성애자라고? 말도 안 돼. 동성애자? 조이스가 아는 사람 중엔 동성애자가 한 명도 없다. 아니, 폴 목사님이 2년 전에 커밍아웃 했었지. 하지만 커밍아웃 하기 전에도 모두들 그가 게이임을 알고 있었다. 사람들 모두 목사님을 칭찬했다. 에이즈로 죽어가는 사람들을 헌신적으로 돕고 있었기 때문이다. 하지만 언니가 동성애자라니. 동생이란 사람이 어떻게 그걸 눈치 못 챘지? 그동안 대체 뭘 한 거지? 존한테 푹 빠져 지내기. 지나랑 어울려 다니기. 언니를 못 본 척하기. 조이스는 죄책감이 들었다.

“조이스.”

헬렌이 손짓했다.

조이스는 다시 헬렌의 발치에 앉았다.

“달라질 건 아무것도 없어.”

“알아.”

“난 여전히 나야.”

조이스는 헬렌을 흘끗 올려다보았다. 식당에서 일할 때처럼 헬렌의 까만색 긴 머리칼은 뒤로 질끈 묶여 있고, 흰색 셔츠 소매는 팔꿈치까지 말려 있었다. 헬렌의 화장기 없는 얼굴은 맑고 희었다. 그 익숙한 얼굴을 보며, 맨날 투덜거리고 싸우면서도 자신이 언니를 사랑한다는 걸 조이스는 깨달았다.

“그래, 언니는 언제나 내 언니야.”

조이스는 일어나 헬렌 옆으로 가 나란히 앉았다.

“수연이가 떠난 뒤, 난 공부에 나 자신을 묻었어. 그래야 수연이 생각을 끊어버릴 수 있으니까.”

“엄마 아빠가 수연 언니를 보내버린 거야?”

조이스는 그날, 식당에서 마지막 인사를 나눌 때 몹시 슬퍼하던 수연의 모습을 떠올렸다.

“아니. 수연이는 더 이상 나랑 사귀고 싶어 하지 않았어. 혼란스러워했어. 수연이 엄마가 우리 사이를 눈치 챈 거 같았어.”

"엄마 아빠는 어떻게 알았어?"

"내가 말했어."

"헉, 왜 그랬어?"

조이스는 헬렌의 배짱이 경이로웠다. 조이스라면 거짓말을 하며 회피했을 거다. 너무나도 어려운 문제니까.

"더 이상 거짓말할 수 없었어. 너무 고통스러웠으니까."

"엄마 아빠가 뭐래?"

헬렌이 웃었다.

"엄마는 눈 하나 깜짝하지 않았어. 벌써 눈치 챘다고 하시더라."

조이스도 웃었다.

"엄마한테는 육감이 있다고 하잖아."

"아빠는 무슨 말을 해줘야 할지 몰랐어. 아빠는 지금도 그 문제에 부딪힐 때면 헛기침하면서 얼굴을 붉히셔. 요즘은 동성애자 아이 육아법에 관한 책을 찾아 읽으시더라구."

"그래서 아빠가 늘 책을 끼고 다니는 거구나!"

헬렌이 고개를 끄덕였다.

"하지만 아직 다른 사람이 알게 하고 싶진 않아. 고모는 더더욱."

조이스는 끙 신음소리를 내며 말했다.

"글쎄, 고모가 중매를 선 게 좀 수상하긴 해."

"고모가 의심하는 거 같니?"

"글쎄, 고모의 특별 선물은 전부 우리 잘되라고 준 것들이잖아. 뭐가 잘되는 것인지 상관없이 말이야."

“맞아. 고모는 남자랑 데이트하면 내가 친구들과 어울리지 않을 거라 생각하셔. 조만간 또 미스터 문하고 데이트하러 나가야 할 거야. 그러다 보면 나도 달라지겠지. 마음의 성형수술?”

“안 돼. 왜 하기도 싫은 걸 하려고 그래?”

지나가는 구름이 헬렌의 얼굴에 그림자를 드리웠다.

“그냥 속이는 게 낫지 않았을까? 그럼 모두가 행복할 텐데. 엄마 아빠는 주위에 소문날까 걱정할 필요 없고, 고모는 날 전형적인 한국 여자로 계속 치켜세울 수 있으니까.”

“하지만 언니는 비참해지겠지.”

조이스의 말에 헬렌이 어깨를 으쓱해 보였다.

“전부 다 겉으로 보이는 문제일 뿐이야, 조이스. 너도 알지?”

조이스는 풀어진 오른쪽 눈꺼풀을 만져보았다.

헬렌이 얼굴을 찡그렸다.

“고모가 널 어떻게 대하는지 봐. 솔직히 말해서, 십대한테 성형수술을 해준다는 게 제정신이니? 대중매체들이 매일 천편일률적인 미(美)의 이미지로 우릴 공격하는 건 별수 없다고 쳐. 하지만 다른 사람도 아닌 우리 식구조차 그렇게 얼굴을 바꿔야 예뻐 보인다고 강요하고 있으니. 진짜 웃겨!”

“언니, 그만해.”

조이스가 헬렌의 팔을 잡았지만 헬렌은 말을 계속 이어나갔다.

“있잖아, 나 떠나야 할까 봐. 내가 뭐 하러 집에 있는지 모르겠어. 학교 근처로 이사 가야겠어. 한국사람들 입, 정말 싫어! 고모도 싫어! 난 착한 딸이었어. 하지만 늘 책임감 있는 딸로 사는 거, 가족을 먼저 돌보는 착한 한국 여자로 사는 거, 이제 지쳤어. 고모한테 돈을 받아서라도 그냥 동부의 사립 여대로 갈걸 그랬어. 여자애랑 어울리는 나한테 돈을 주는 고모라니, 훗!"

조이스는 시멘트 계단을 잠자코 내려다보았다. 그래서 헬렌이 집을 떠나지 않은 거였구나. 자기가 바라는 걸 하는 대신, 가족을 돕기로 한 거였구나.

"미안해."

헬렌은 침착한 목소리로 말했다.

"내가 아무것도 아닌 것처럼 느껴질 때가 있어. 지금껏 난 다른 사람을 기쁘게 하려고 살아온 것 같아."

"그래."

조이스는 나긋나긋 말했다.

헬렌은 조이스에게 몸을 돌려 풀린 눈꺼풀을 어루만졌다.

"틀에 맞추려고 너 자신을 바꾸진 마, 조이스. 넌 지금 이대로도 예쁘니까."

"어떻게 난 그런 생각이 안 드는 거지?"

조이스는 어두워진 하늘을 올려다보았다.

"주위의 모든 것들이 특정한 방식으로 바라보고 행동하고 사랑하길 강요하는 상황에서는, 자기 자신을 제대로 느끼기 힘들어. 이 상품을 사라, 이 약을 먹어라, 그러면 훨씬 예뻐지고 좋아질 거다……. 하지만 네가 행복한 게 중요한 거야. 나머지는 다 엉터리 같은 소리야. 엄연한 사실은 마법의 약이라든가 수술 따윈 없다는 거야. 한순간 널 행복하게 해줄 수 있을지 몰라도 오래가진 못해. 지금 아름다운 것이 나중에도 아름다울까? 모든 게 변하게 돼 있어. 너한테 뭐가 진실인지부터 알아야 해. 네가 누구인지, 지금 여기서 너한테 가장 중요한 게 뭔지……."

헬렌은 그러면서 자기 심장을 가리켰다.

"근데 모르면 어떡해?"

"나한테 물어보는 거야?"

헬렌이 까르르 웃음을 터뜨렸다.

조이스도 따라 웃으며 말했다.

"난 언제나 생각했어, 언니는 뭐든 쉽게 얻는다고. 왜냐하면 언니는 언니가 바라는 걸 정확히 알았으니까. 그리고 뭘 하든 언제나 잘했으니까."

"난 다른 사람을 기쁘게 하는 법을 알고 있었지, 나 자신을 기쁘게 하는 법은 몰랐어. 수연이를 만나기 전까지는 말이야. 그런 수연이가 떠나버렸으니……."

헬렌은 잠시 멈췄다가 말을 이었다.

"지금 난 다시 원점에 서 있어. 여전히 나한테 뭐가 진실인지 알아내려 하면서 말이야."

"하지만 언니는 언제나 자신감이 넘쳐 보여."

"내가 잘난 체한다 해서 나를 정말 기쁘게 하는 게 뭔지 안다는 뜻은 아냐. 난 숨기는 걸 잘한 거야."

"숨긴다는 얘기 하니까 말인데, 앤디도 알아?"

"그 스파이 녀석? 농담하니? 앤디가 제일 처음으로 눈치 챈 녀석인걸. 앤디는 나랑 수연이를 내내 엿보고 있었어. 자기랑 친구들을 여름방학 때 농구장에 차로 데려다주면 입 다물고 있겠다고 했지."

"꼬맹이 협박꾼 같으니라구."

조이스의 말에 헬렌이 호호 웃었다.

"앤디가 이런 것 때문에 혼란스러워하지 않아서 다행이야. 앤디한테 내부 정보는 내부 정보일 뿐이야. 무슨 이야기든 간에."

"계속 그렇게 가만히 있을 거야? 이사 갈 거야? 어떻게 할 거야?"

헬렌은 다시 턱을 손에 괴었다.

"모르겠어, 조이스. 솔직히, 이번 여름엔 생각도 하고 다음 단계를 계획해야 해. 스트레스를 받고 있다 해서 서둘러 결정하고 싶진 않아. 그러니까, 그래, 다음 단계로 갈 준비가 될 때까지 난 계속 조용히 있고 싶어. 그러고 나면 내가 뭘 하고 싶은지 더 잘 알게 되겠지. 다른 사람이 나한테 바라는 게 아니라. 그건 확실해."

조이스는 고개를 끄덕였다.

헬렌이 자리에서 일어났다.

"식당에 가봐야겠다."

"지나한테 말해도 돼?"

계단을 내려가던 헬렌이 몸을 돌렸다.

"지나는 떠버리야, 조이스."

"알아, 나도. 그래도 내 절친인걸."

"그 애를 믿을 수 있을지 난 모르겠어."

"지나는 괜찮은 애야."

헬렌은 손톱으로 철제 계단 난간을 톡톡 두드렸다.

"난 늘 지나한테 전부 다 얘기했어."

"그렇지만 지나는 우리 가족이 아니잖아. 지나는 이해 못할 거야. 수연이가 떠나기 전엔, 나도 수연이를 철석같이 믿었었어."

헬렌은 한쪽 눈을 찡긋했다.

"하지만 수연이는 아무 설명 없이 그냥 가버렸지. 그런데 누가 내 기분을 북돋아줬는지 아니? 고모야. 고모가 나한테 그 끔찍한 트로피컬 컬러 책가방을 주더라. 고모는 황당한 자기만의 방식으로 못살게 굴기도 하지만, 어쨌든 우리를 돌봐주려고 노력해. 언젠가 고모가 우리를 필요로 할 때면 우리도 고모를 돌봐줘야겠지. 그게 바로 가족이니까. 우린 서로를 돌봐주고 보살펴줘. 지나가 널 위해 그렇게 해줄 거라고 확신하니?"

조이스는 바로 답할 수 없었다. 해변에서 지나가 휙 등을 돌리던 모습이 생각났다.

"이건 나한테 정말 중요해, 조이스. 내가 준비되면, 그때 지나한테 말해. 알겠지?"

"알았어."

헬렌은 계단을 다시 달려 올라와 동생을 꼭 안았다.

"고마워, 조이스. 이해해줘서."

17장

샘의 콤플렉스

조이스는 이렇게나 큰 비밀을 털어놓고픈 유혹에 빠지느니, 차라리 지나에게 전화를 하지 않는 게 낫겠다는 생각이 들었다. 조이스는 헬렌과 약속했다. 이번 한 번만은 자기가 제대로 하고 있다는 확신을 헬렌에게 주고 싶었다. 그래서 지나에게 전화하지 않았다. 지나도 조이스에게 전화하지 않았다.

새 종업원이 들어왔기에 조이스는 주로 손님들이 몰리는 주말 저녁, 그리고 가끔 평일 점심시간에만 식당에 나갔다. 그 외의 시간에는 SAT 공부, 여름방학 숙제로 내준 책 읽기, 그리고 앤디가 말썽 부리지 못하게 감시하는 데 매달렸다.

조이스와 지나는 초등학교 5학년 이후로 이렇게 심하게 다퉈본 적이 없었다. 조이스는 그 주 내내 집에서 우울한 시간을 보내며 이메일로든, 전화로든 지나가 어서 빨리 이 어색함을 깨뜨려주길 바랐

다. 이따금 집에 아무도 없을 때면 옷장 뒤에서 존이 사인한 학년앨
범을 끄집어냈다. 조이스는 린의 이름을 지워버리고 그 위에 자기
이름을 써넣었었다. 손으로 쓴 자기 이름을 확인하며 존이 쓴 메모
를 눈여겨보다 보면, 그게 신기하게도 존의 비밀 메시지로 변할 것
같은 생각이 들기도 했다.

엄마와 아빠는 둘 다 헬렌이 조이스에게 고백했다는 사실을 나름
의 방식으로 알아차렸다.

아빠는 조이스에게 읽던 책을 보여주었다.

"거의 다 읽었어. 아직 다 이해하진 못했지만, 그래도 노력해야지.
그럼 네가 묻는 것에 답해줄 수 있을 거야."

조이스는 어색하게 웃으며 얼버무렸다. 성적인 문제에 관해서는
정말이지 부모님과 애기하고 싶지 않았다.

엄마는 태몽 이야기를 하며 스스로와 조이스를 확신시키려 했다.
헬렌의 미래를 처음부터 알고 있었다고.

"네 언니가 뱃속에 있을 때 꽃밭에 있는 꿈을 꿨어. 머리에 꽂으려
고 꽃을 하나 꺾으려는데, 아주 화려하고 예쁜 꽃 하나가 눈에 띄더
라. 그런데 신기하게도 꽃이 온통 밖으로 뒤집혀 있었어. 그래도 너
무 예뻐서 그 꽃을 골랐지. 엄만 그때 알았단다. 이 꽃이 다른 꽃들
하곤 다른 길을 가게 되리라는 걸 말이야."

앤디로 말할 것 같으면 염탐꾼답게 일찌감치 그 소식을 접수했지
만, 앤디에겐 그보다 긴급한 문제가 있었다. 상어 간 알약의 부작용
이 사라지지 않아서 앤디는 집 근처를 떠나지 못했다. 비디오게임을

해도 기분이 영 나아지지 않았다.

앤디가 마룻바닥에 있던 조이스의 미용잡지 하나를 발로 뻥 찼다.

"웬 심술이야? 약이나 그만 드시지 그래?"

조이스는 투덜거리며 잡지를 들어올렸다.

"상관 마. 누난 하던 대로 인상 잔뜩 찌푸리고 지나 누나 전화나 기다리셔."

짜증이 난 조이스는 잡지를 소파 위로 휙 던져버렸다.

"네가 뭘 모르시나 본데, 난 지나 전화 안 기다리고 있었거든."

"그러거나 말거나."

앤디는 냉장고에서 탄산음료를 꺼냈다. 그러고는 주머니에서 노란색 알약 하나를 꺼내 음료수랑 같이 벌컥 삼켰다.

조이스는 잡지를 보는 체하며 물었다.

"작년 여름에 탐의 키가 훌쩍 큰 건 그 알약 때문이 아닐지도 모른다는 생각 안 해봤어?"

앤디는 창가로 걸어가 밖을 내다보며 음료수를 한 모금 들이켰다.

"우린 작년 여름에 키가 똑같았어. 그런데 탐이 그 약을 먹은 뒤로 10센티도 넘게 자랐단 말이야."

조이스는 한숨을 쉬었다. 그러고 싶진 않았지만 가끔씩은 앤디에게 진실을 알려줄 필요가 있었다.

"탐이 사춘기라서 그랬을 거란 생각은 안 해봤어?"

그러자 앤디가 꽥 비명을 지르며 돌아섰다.

"아냐."

으르렁거리는 앤디의 눈은 툭 튀어나오고 입술은 심술 맞게 뒤틀려 있었다.

조이스는 고개를 끄덕였다.

"맞아, 앤디."

앤디가 머리를 움켜잡았다.

"그건 말이 안 돼."

"탐 목소리가 굵어지지 않았어?"

"감기 걸려서 그런 거야."

"1년 내내?"

앤디가 몸을 돌렸다.

"윗입술 위가 거뭇거뭇하진 않고?"

"하루 종일 농구장에 있어서 탄 거야. 이제 탐은 레이업슛도 할 수 있어. 유명한 농구선수가 될 거라고 얼마나 뻐기는지 몰라."

조이스는 마지막 못을 박았다.

"교회에서 탐이랑 수지 킴이랑 엄청 잘 어울리더라."

앤디가 갑자기 귀를 틀어박고 고함을 질러댔다.

"시끄러워! 입 다물어, 입 다물라고!"

조이스는 잡지로 눈길을 돌렸다.

"난 그냥 네가 알아야 할 것들을 알려주는 것뿐이야."

"듣기 싫어."

"당분간 그 약을 끊는 게 좋겠어."

"듣기 싫다고!"

"그럼 팬티를 다섯 개나 안 겹쳐 입어도 돼."

조이스를 노려보는 앤디의 눈이 이글이글 불타올랐다.

"복수할 거야, 누나. 언제, 어떤 방법이 될지는 모르겠지? 두고
봐."

앤디는 코를 찡그리며 손가락으로 총 모양을 만들어 방아쇠를 당
겼다. 그러고는 창문으로 다가가서 계속 음료수를 마셨다.

잠시 뒤, 청바지를 만지작거리며 앤디가 말했다.

"샘 형한테 가서 수영장 물 채우는 거나 도와줘야겠다."

조이스는 몸을 일으켜 세웠다.

"샘이 수영장에 물을 채우고 있다고? 시멘트로 메워버렸잖아?"

"애들 노는 튜브 풀장 말이야!"

조이스는 앤디를 따라 아파트 마당으로 내려갔다. 샘이 정원용 호
스를 들고 튜브 풀장에 물을 채워 넣고 있었다.

"안녕."

조이스는 기분 좋게 인사를 건넸다. 샘이 아직까지 자기한테 화나
있지 않기를 바라면서.

"안녕."

샘은 웃으며 조이스를 흘끗 바라보았다.

"형, 내 물총 좀 채워줄 수 있어?"

앤디가 여전히 탄산음료를 홀짝거리며 물었다.

"물론이지."

앤디는 즉시 집으로 달려가 물총 두 개를 갖고 나타났다. 그러고

는 위층 복도를 가로질러 달려가 이웃집 문을 두드렸다. 장씨 아저씨네 첫째 아들 제이슨은 앤디보다 두 살 어린데, 바로 뛰쳐나와 앤디와 어울렸다.

샘은 튜브 풀장 맨 위까지 물을 가득 채웠다. 그러고는 아이들이 물총에 물을 채우는 사이, 집에 가서 접이식 비치 의자 두 개를 들고 나왔다. 샘은 풀장 옆에 의자를 펴고 조이스에게 자리를 권했다.

"고마워."

조이스는 의자에 앉아 바짓단을 조심스레 접어 올렸다.

맞은편 의자에 앉은 샘은 슬리퍼를 휙 벗고 물속에 발을 담갔다. 그러고는 의자에 몸을 기댔다.

"오늘 힘들었어?"

그렇게 물으며 조이스도 차가운 물에 발을 조심스레 담갔다.

"얻는 것도 없이 그냥 엄청 돌아다녔지 뭐."

샘이 대답했다.

조이스가 발을 움직여 물살을 일으키자, 풀장 벽에 물살이 부서지며 흘러넘쳐 시멘트 바닥에 짙은 물 얼룩을 만들었다.

"아직도 그룹전 작업해?"

"응. 전시회는 다음주야."

조이스는 자기 발을 물끄러미 내려다보며 말했다.

"그날 미안했어, 바닷가에서. 내가 심했어……."

조이스는 샘을 보며 말을 이었다.

"아직도 내 얼굴 사진 필요하면 찍어도 돼."

샘은 조이스의 제안을 숙고하는 것처럼 머리 뒤로 양손을 모았다. 이윽고 샘이 입을 열었다.

"아냐, 괜찮아."

샘은 튜브 풀장을 내려다보며 물속에서 발가락을 꼼지락거렸다.

"화 풀리는 데 시간 좀 걸렸어."

샘의 목소리는 차분했다.

조이스는 앤디가 제이슨의 얼굴에 물총 쏘는 걸 바라보았다.

"그날 난 내가 아니었어. 사정이 있었어."

조이스는 어설프게 변명했다.

샘은 고개를 끄덕였다.

"지나한테 얘기 들었어."

조이스는 얼굴을 찡그리며 몸을 곧추세웠다.

"지나가 뭐라고 했어, 정확히?"

조이스의 마음속에 서서히 의심이 일었다. 헬렌 말이 맞을지도 모른다. 지나는 믿을 수 없는 애다.

"전부 다 말해줬어."

"전부 다? 전부? 눈꺼풀 뭐 그런 것도 다?"

샘이 고개를 끄덕였다.

"지나는 떠버리야. 비밀이고 뭐고 동네방네 다 떠들고 다닌다니까."

샘이 손깍지를 풀더니 조이스를 향해 몸을 기울였다.

"잠깐만, 조이스. 지나한테 화내지 마."

"왜 화내면 안 되는데?"

조이스는 발로 물을 차며 말을 이었다.

"지나가 얼마나 삐쳤든 말든 난 신경 안 써. 비밀도 안 지키는 애잖아."

"지나는 안 삐쳤어. 좀 상처를 입은 것 같아. 너무 풀죽어 있길래, 내가 얘기 상대가 되어준 것뿐이야. 하지만 지나는 아무 말도 안 했어. 내가 그냥 알아차린 거지."

샘의 설명에 조이스는 한숨을 쉬었다.

"네가 알아차렸다고?"

샘이 씩 웃었다.

"난 사진 찍는 사람이야. 조이스 네 얼굴의 뭐가 달라졌는지 내가 못 알아차렸을 거라 생각하니?"

조이스는 얼굴이 붉어지는 것을 느낄 수 있었다.

"그래서, 지나가 나에 대해 뭐라고 그랬는데?"

조이스는 시선을 아래로 떨어뜨리며 물었다.

"우린 네 흉을 엄청 봤지."

조이스는 깜짝 놀라 고개를 들었다.

샘이 씩 웃음 지었다.

"그냥 농담이야. 솔직히, 난 계속 듣고만 있었어. 지나는 친구인 널 잃을까 걱정하더라."

"뭐라고? 어떻게 걔는 그런 생각을 할 수 있지? 우린 초딩 때부터 절친이야. 난 지나를 절대 버리지 않을 거야."

"너한테 자기가 더 이상 필요 없는 존재가 된 게 아닌지 걱정했어. 해변에서의 네 행동을 생각해봐. 네가 리사를 더 중요한 친구로 생각한다면, 지나 기분이 어떻겠어?"

"아."

절친에 대해 간접적으로 정보를 들으니 진짜 이상했다. 조이스는 늘 어떤 문제든 지나와 함께 나눠왔다. 누군가로부터 전해 듣는 게 아니라. 지나는 항상 모든 것을 계획했고, 조이스는 애완동물처럼 그 안에 첨벙 뛰어들었다.

조이스는 투덜거렸다.

"쌍꺼풀 수술을 하고 싶게 만든 사람은 바로 지나야. 자기가 나한테 수술하고 싶게 만들어놓고, 이제 와서 다 나 때문인 것처럼 굴다니, 난 도무지 이해가 안 가."

"내 생각엔 말이야, 지나는 그냥 널 잃을까 두려운 거야. 네가 잘되길 바라지 않는 게 아니라."

"정말?"

조이스는 다시 자리에 앉았다.

샘이 고개를 끄덕이며 말했다.

"지나는 이것 때문에 네가 엄청 예뻐 보이나 봐."

그러면서 자기 눈을 가리켰다.

"하지만 쌍꺼풀 때문에 네가 달라지는 게 싫은 거지."

조이스는 해변에서의 그날을 생각해보았다. 모든 것이 완벽할 것 같았던, 하지만 제대로 된 게 아무것도 없었던 그날.

"내가 어떻게 보이는가에만 엄청 신경 쓰고 있었던 것 같아."

조이스의 말에 샘이 어깨를 움츠렸다.

"우린 모두 남에게 어떻게 보이는지 신경 써. 하지만 넌 마치 인생 전체가 걸린 것처럼 희한하게 굴기 시작했어. 난 모르겠어. 그게 그럴 만한 가치가 있는 건지."

조이스는 머리카락을 잡아 얼굴 앞으로 끌어당겼다. 그게 그럴 만한 가치가 있나? 존이 보인 관심, 존에게 얘기하며 느꼈던 자신감. 눈꺼풀 위의 자그마한 주름 두 개가 조이스의 세계를 바꾸었다. 그게 그럴 만한 가치가 있나? 헬렌이 했던 말이 떠올랐다. 모든 게 변하기 마련이다. 쌍꺼풀이 마법의 효력을 멈추면 어쩌지? 다음엔 무릎과 피부를 바꾸고 싶을까?

"모든 게 혼란스러워. 어찌해야 할지 모르겠어. 정말 수술을 해야 할까? 나 어떡하지, 샘?"

샘은 숨을 깊이 몰아쉬고 조이스의 눈을 바라보았다.

"이런 걸 말해도 되는지 모르겠다."

"뭘?"

조이스는 물었다가 곧 후회했다. 리사 임의 말이 맞으면 어쩌지? 샘이 나한테 빠져 있는 게 맞으면 어쩌지? 조이스는 의자를 박차고 일어나 위층으로 달아나고 싶었다. 관심을 돌릴 뭔가가 필요했다. 하지만 어디에도 앤디의 모습은 보이지 않았다.

샘이 의자 팔걸이를 만지작거리다 입을 열었다.

"난 여드름 약 중독자야."

“아.”

조이스는 마음이 놓였다.

“그 때문에 좀 당황스럽고 후회스러워. 하지만 지나가 그러는데, 그러면 안 된대. 나도 여드름 문제로 고민이 많았어. 결정하는 데 시간이 많이 걸렸지. 하지만 늘 남들 눈에 어떻게 보이는지 신경 쓰는 데 지쳤고, 그래서 약을 먹기로 선택한 거야. 넌 예뻐. 근사해. 쌍꺼풀 없어도, 내가 볼 때 네 눈엔 아무 문제가 없어. 하지만 넌 아닐지도 모르지. 눈에 그렇게 신경 쓰이면, 뭐든 해보면 되는 거야.”

조이스는 솔직하게 말해준 샘이 고마웠다.

“쌍꺼풀 같은 건 생각도 못했어. 고모가 해주겠다고 하기 전까진 말이야. 그런데 어느 순간부터 사람들 눈만 보이더라. 저 사람은 쌍꺼풀이 있나? 저 사람도 수술을 받았나? 무슨 말인지 알지?”

샘이 미소 지었다.

“그래, 나랑 마찬가지네. 나도 사람들 여드름만 보이더라구.”

“맞아!”

자기를 이해해주는 사람이 있으니 조이스는 마음이 편했다.

샘은 활짝 웃으며 바지 뒷주머니에서 립밤을 꺼냈다. 그러고는 뚜껑을 열어 입술에 발랐다.

“내가 쓰는 약의 부작용 중 하나가 피부가 건조해지고 입술이 트는 거야. 지나가 자기가 일하는 백화점에 데리고 가서 이걸 사줬어.”

조이스는 손뼉을 쳤다.

“지나가 널 데리고 그 화장품 코너로 갔다고?”

“지나는 뭐가 어디 있는지 다 알더라.”

샘은 고개를 설레설레 저으며 립밤 뚜껑을 다시 닫았다.

“맞아, 걔는 그래.”

조이스는 웃음을 터뜨렸다.

“지나는 요주의 인물이야.”

샘이 말했다.

“그래.”

샘은 주머니에 립밤을 다시 밀어 넣었다.

“이거, 진짜 효과 좋아.”

조이스는 샘이 비치 의자에 등을 기대는 모습을 슬쩍 엿보았다. 샘은 지나 얘기를 할 때 지나가 제일 친한 친구라도 되는 듯 말했다. 마치 이미 자기가 지나의 인생에 들어가 있는 것처럼.

“요즘 지나랑 얘기 많이 했어?”

조이스는 최대한 무관심하게 물었다.

“응.”

샘은 조이스와 눈을 마주치지 않고 말했다. 1초 뒤, 희미한 미소가 얼굴에 퍼졌다.

“지나가 고질라 흉내를 냈을 때……”

샘은 기억을 떠올리면서 낄낄 웃음을 터뜨렸다.

“세상에, 그걸 처음 봤을 때 하마터면 바지에 오줌 쌀 뻔했다니까. 어렸을 때 고질라를 엄청 좋아했거든.”

조이스도 웃음을 터뜨렸다.

"지나가 고질라 흉내 낼 때, 진짜 귀엽지 않아?"

"맞아."

샘의 입이 귀에 걸려 있었다.

"지나를 만날 때마다 다시 흉내 내보라고 할 만큼 말이야."

조이스는 비치 의자에 다시 몸을 기댔다. 온몸에 스며드는 햇살의 감촉을 느끼며 조이스는 미소 지었다. 지금 당장 지나한테 달려가서 전부 다 캐묻고 싶었다.

문득 보니 시멘트 바닥에 물방울들이 떨어지고 있었다. 비가 오려나? 조이스는 하늘을 올려다보았다.

앤디와 제이슨이 이층 층계참에 서서 물총을 쏘고 있었다. 삐져나오는 웃음을 애써 참으면서.

"잘하고 있어, 앤디."

조이스는 소리치며 눈을 감았다.

"어디 한번 물을 맞혀보시지."

그러자 앤디가 아래를 내려다보며 외쳤다.

"누가 그게 물이래?"

조이스와 샘은 후다닥 의자에서 일어나 두 말썽쟁이 녀석을 쫓아 올라갔다.

18장

리사의 야비한 폭로

일요일 아침 식구들 모두 교회 갈 준비를 하느라 허둥댈 때, 지나가 집 안으로 걸어들어왔다. 지나는 교회 갈 때 입는 흰색 민소매 원피스 차림에, 옷에 썩 잘 어울리는 손가방을 들고 있었다. 엄마 아빠가 주방으로 가다 걸음을 멈췄고, 앤디도 비디오게임을 하다 말고 고개를 들었다. 헬렌도 아침 먹은 접시를 치우다 멈칫했다. 조이스는 지나에게 전화하려고 들었던 수화기를 내려놓았다.

"지나!"

조이스는 즉시 친구에게 달려갔다. 그런 조이스를 보며 엄마 아빠가 웃었다. 앤디는 가볍게 손을 흔든 뒤 다시 비디오게임기로 시선을 떨어뜨렸다. 헬렌은 그저 고개만 끄덕여 인사하고, 나머지 접시를 챙겨 싱크대로 향했다.

"우리, 얘기 좀 해야겠어."

지나가 속삭이며 한쪽 눈을 찡긋해 보였다.

"그래."

조이스는 자기 방으로 지나를 이끌었다. 문밖 어딘가에 혹시 앤디가 기웃거리는지 확인한 뒤, 조이스는 문을 등지고 서서 지나를 바라보았다.

"미안해."

조이스가 먼저 말문을 열었다.

"그건 나중에 얘기하자."

지나가 조이스 쪽으로 다가오며 말했다.

"존이 아빠랑 같이 오늘 교회에 온대."

조이스의 손이 얼른 자기 눈으로 올라갔다.

"뭐라고! 오늘?"

"그래!"

조이스는 바닥에 주저앉았다.

"난 못 가. 안 돼. 이런 눈으론 그 애 못 봐."

지나는 몸을 숙여 조이스를 도로 끌어올렸다.

"어서, 할 일이 있어."

조이스는 친구를 물끄러미 바라보았다.

"무슨 뜻이야?"

지나는 손가방을 내려놓았다.

"나한테 맡겨."

조이스와 지나는 방바닥에 앉아 투명 양면테이프를 자세히 살펴보았다. 지나가 백화점에서 그 아시아계 화장품 판매원한테 받아온 것이었다.

"알린이 그러는데, 쌍꺼풀 모양에 맞게 가위로 자르면 된대."

"확실해? 잘될까?"

지나는 어깨를 으쓱해 보였다.

"알린이 그랬어, 식은 죽 먹기라고."

조이스는 자기도 모르게 지나에게 다가가 꼭 껴안았다. 눈물이 조이스의 눈에서 샘솟았다. 지나가 다시 돌아와 정말 기뻤다.

지나는 조이스의 등을 토닥여주었다.

"샘이 그러더라, 너랑 얘기했다고."

조이스는 몸을 뒤로 빼고 친구를 보며 씩 웃었다.

"난 네가 나한테만 고질라 흉내 내는 줄 알았어."

"그게, 그러니까 그 애는……."

조이스는 양팔을 허공에 마구 휘둘렀다.

"알았다!"

지나는 눈을 흘겼다.

"이럴 때가 아냐. 교회 갈 때까지 30분 남았어. 근데 누구는 옷도 안 입었다구."

조이스는 잠옷 차림의 자신을 내려다보았다.

"서둘러야겠다. 내가 가위 가져올게."

조이스는 옷장으로 달려가 언제나 불가사의하게 뒤죽박죽 모여 있는 물건들을 샅샅이 뒤지기 시작했다.

노크 소리가 들리더니 헬렌의 머리가 나타났다.

“교회에 입고 갈 옷 좀 가져갈게.”

“들어와.”

헬렌이 방으로 들어와 옷장 앞에 섰다. 조이스는 종이, 열쇠와 머리 묶는 끈을 밀치며 물었다.

“언니, 가위 어디 있는지 봤어?”

“내 책가방 안에 있어.”

헬렌은 방구석에 있는 트로피컬 컬러 가방을 가리켰다.

“고마워.”

가위를 가지러 헬렌을 지나칠 때, 조이스는 은밀한 표정을 지으며 지나를 가리켰다. 지나는 바닥에 앉아 조이스의 변신을 위한 브러시와 화장품을 정리하고 있었다. 조이스는 어서 빨리 지나와의 관계를 개선시키고 싶었다. 자기가 지나를 철석같이 믿고 있다는 걸 지나와 헬렌 모두에게 보여주고 싶었다.

조이스의 뜻을 눈치 챈 헬렌은 입술을 앙 다물며 어쩔 수 없다는 듯 두 손을 들어올렸다. 조이스는 소리 나지 않게 입술을 달싹거렸다. 고마워. 헬렌은 고개를 끄덕여 보이고는 옷장에서 옷과 구두를 꺼냈다.

방을 나가기 전, 헬렌은 잠시 문가에 서서 조이스와 지나를 내려다보았다. 헬렌의 이마에는 고통의 주름이 새겨져 있었다.

헬렌이 문을 닫고 나가자 조이스는 바로 입을 뗐다.

“할 말이 있어, 지나.”

지나는 테이프를 들어 조이스의 눈께로 내밀었다.

"조금 있다가. 이거 먼저 하고, 네 얼굴 화장하는 동안에 얘기해."

"그래."

몇 번의 시도 끝에, 지나는 얇고 가느다란 테이프를 조이스의 오른쪽 눈에 붙이는 데 성공했다.

"좋았어. 라이너 박사님은 족집게로 눈꺼풀을 살짝 들어올리더라."

지나는 족집게를 들고 조이스의 눈을 조준했다.

"야, 살살 해."

지나는 족집게로 조심조심 조이스의 눈꺼풀을 잡고 위로 당겼다.

"되고 있는 거야?"

조이스는 눈을 깜빡이지 않으려 애쓰면서 물었다.

지나는 조이스의 눈을 유심히 들여다보았다.

"1초만 가만히 있어."

지나는 조이스의 눈가에 족집게를 올려 살갗을 슬쩍 꼬집었다.

"아, 아, 아, 아야!"

고통이 커짐에 따라 조이스의 목소리도 점점 커져갔다.

"이제 다 됐어."

지나는 숨을 깊이 몰아쉰 뒤 뒤로 물러났다.

조이스는 아픈 곳을 비비려고 눈가로 손을 올렸다.

"안 돼, 조이스. 망가지잖아."

조이스는 별수 없이 손을 내렸다.

"아프단 말이야."

지나는 못 들은 체하고, 다른 쪽 눈에 붙일 테이프를 오렸다. 그사이 조이스는 콤팩트를 찾아 지나의 화장품 더미를 뒤졌다.

"와우!"

조이스는 콤팩트 거울 속의 쌍꺼풀을 확인하고 환호했다.

"완벽해!"

조이스의 말을 자르며 지나가 중얼거렸다.

"넌 항상 날 의심하더라."

조이스는 거울을 내렸다.

"아니, 안 그래."

"아니, 그래."

조이스는 다시 아니라고 말하려다 순간 멈추었다. 뭣 때문에 싸우지? 지나가 여기 있는데……. 조이스가 해변에서 못되게 굴었는데도, 일주일 내내 사과 전화 한 번 걸지 않았는데도, 지나는 조이스를 구하려고 여기 와 있었다. 조이스를 위해서 말이다.

조이스는 손을 내밀어 지나의 팔꿈치를 잡았다.

"미안."

"괜찮아."

지나는 고개를 숙인 채 조심스레 테이프 자르는 데 몰두했다.

"다음 거 다 됐어."

조이스가 고개를 끄덕이자, 지나는 테이프를 들어올렸다.

"너, 눈물샘 좀 꺼야겠다."

조이스는 미소 지으며 눈을 깜박여 눈물을 없앴다.

"좋아."

지나는 씩 웃었다.

두 번째 쌍꺼풀을 만들고 나서, 지나는 바로 조이스의 화장에 매달렸다. 지나가 아이섀도를 펴 바르려고 파우더를 살짝 바를 때, 조이스는 아까 못 한 얘기를 다시 꺼냈다.

"있잖아, 지나. 나, 너한테 할 얘기가 있어."

지나는 조이스의 이마에 가볍게 브러시로 붓질하고 나서 뒤로 물러났다.

"나도 너한테 할 얘기 있어."

"헬렌 언니가—"

"샘이—"

둘 다 말을 멈췄다.

"너 먼저 해. 샘 애길 듣고 싶어."

조이스가 먼저 양보했다.

지나는 브러시를 만지작거렸다.

"샘이랑 내가 처음 사귀기 시작했을 때, 샘이 그러더라. 너한테 한동안 빠져 있었다고."

"뭐? 하지만 샘은 널 좋아하잖아."

조이스가 깜짝 놀라 외치자, 지나는 고개를 끄덕였다.

"그건 이번주에 샘이랑 어울리다가 내가 고질라 말투를 흉내 낸 뒤의 일이야."

조이스는 씩 웃었다.

"너, 고질라 말투로 샘을 무너뜨렸구나! 얼른 다른 애들한테 말하고 싶어 미치겠다."

"가만있어봐. 그런 게 아냐!"

지나는 웃음을 터뜨리며 조이스를 향해 브러시를 던졌다. 그리고는 다시 진지한 표정으로 돌아갔다.

"이건 네가 존을 좋아하는 거랑 달라. 난 내 말을 이해해줄 누군가가 필요했어. 샘은 모든 면에서 정말 괜찮은 애야. 모르겠어. 모든 게 달라지기 시작했어. 샘을 데리고 백화점에 가서 립밤을 사준 뒤부터."

"그래. 샘이 그러더라. 네가 알고 있는 게 많아서 인상적이었다고 말이야."

"정말? 샘이 또 나에 대해 뭐라고 했는데?"

지나가 머리를 치켜들었다.

조이스는 잠깐 시간을 멈추고 싶었다. 지나의 얼굴에 퍼진 부끄러워하면서도 행복해하는 미소를 붙잡기 위해. 친근한 느낌을 맛보기 위해. 지나가는 매 순간을 기억하기 위해. 내년 여름에 졸업하면, 지나가 동부의 대학으로 떠나고 나면, 함께 얘기할 시간이 없을 테니 말이다.

"조이스?"

조이스는 눈을 깜빡이고 나서 지나를 바라보았다.

"샘이 그러더라. 네가 귀엽다고."

지나의 얼굴이 빛났다.

"샘도 진짜 귀여워. 샘이 자기 피부에 대해 너한테 말했어?"

"응."

"거의 끝나가. 난 약의 부작용이 그렇게 심한지 정말 몰랐어."

"무슨 말이야?"

"그날 해변에서처럼 말이야. 샘은 햇빛 아래 너무 오래 있으면 안 돼. 하지만 그날 사진 작업 하느라 무리하는 바람에 끔찍한 두통이 생겼어."

"내가 못되게 굴어서 도움이 안 됐군."

지나는 고개를 저었다.

"어쨌거나, 부작용은 이제 거의 끝났어. 약을 점점 적게 먹고 있거든."

지나는 립글로스 케이스를 열고 내려다보며 덧붙였다.

"샘 피부도 시간이 지나면 깨끗해질 거야. 그 애가 나한테 푹 빠질 때쯤이면. 그런데 그때쯤이면 내가 그 끔찍한 치아교정기를 하고 있겠지."

조이스는 몸을 앞으로 기울였다.

"너, 치아교정 할 거야?"

지나는 어깨를 으쓱해 보였다.

"그래. 대학 가서 교정기를 하고 다니긴 싫거든. 그랬다간 죽음의 키스를 하게 될 테니까. 안 그래?"

똑똑, 누가 문을 두드렸다. 조이스가 돌아보니 앤디가 머리를 들이밀었다.

"엄마가, 이제 갈 시간이래."

"알았어."

지나는 얼른 립글로스 붓을 내밀었다. 그러고는 조이스의 입술에 연보라색을 발랐다.

"헬렌 언니에 대해 무슨 얘기 하려고 했어?"

"얘기가 길어. 나중에 할게."

"그래."

지나는 뒤로 물러나서 자기 작품을 면밀히 살펴보았다.

"예쁘다."

조이스는 방긋 웃었다.

"고마워."

* * *

지나와 조이스는 주차장에서 교회 마당으로 연결되어 있는 계단을 뛰어올라갔다. 엄청나게 많은 사람들이 밖에서 어슬렁거리며 교회 안으로 들어갈 차례를 기다리고 있었다. 지나와 조이스는 줄에 서자마자 지나가는 사람들을 하나하나 살펴보았다.

"안 보이는데."

지나가 고개를 쑥 들어올리며 말했다.

"안 되겠어. 사람들이 이렇게 많은데 어떻게 찾겠어?"

조이스는 낙담한 채 손톱을 깨물며 말했다.

"조이스, 네 손 좀 가만 내버려둬라."

돌아보니, 고모가 와 있었다. 조이스네 식구들과 함께.

조이스는 마지못해 손을 내리고 고모 볼에 입을 맞췄다.

"안녕하세요, 고모. 오늘 아주 멋져 보여요. 그 블라우스, 립스틱이랑 잘 어울리는데요."

지나도 고모에게 인사했다.

"안녕하세요, 고모."

고모는 웃음을 애써 참으며 말했다.

"너희 둘 다 오늘 예쁘구나. 그놈의 바지 대신 원피스를 입으니 보기 좋구나."

"고맙습니다, 고모."

조이스와 지나는 노래 부르듯 말했다.

갑자기 지나가 조이스의 팔뚝을 움켜잡았다. 그러고는 속삭였다.

"저기 마당 오른쪽 구석. 흰색 셔츠에 회색 바지."

조이스의 눈동자가 지나가 가리키는 방향으로 튀어나갔다. 존 포드 강이 모퉁이 덤불 근처에 아빠랑 같이 서 있었다. 존 아빠는 노신사와 한창 얘기 중이었는데, 존은 옆에 어정쩡하게 서서 줄무늬 넥타이를 만지작거리고 있었다.

조이스가 앞사람 뒤에서 살그머니 엿보고 있는데, 존이 조이스 쪽을 바라보았다.

"아이, 참."

조이스는 얼른 몸을 숙였다.

"조이스, 일어나라."

고모가 말했다.

조이스는 어쩔 수 없이 몸을 일으켜 세우긴 했지만, 어깨를 한껏 움츠려 구부정하게 섰다.

"그 애가 날 본 거 같아."

조이스는 지나에게 속삭였다.

"어이쿠, 딴 사람도 존을 본 거 같은데."

지나가 알려주었다.

조이스가 잽싸게 훔쳐보니, 리사 임이 존이 있는 곳으로 걸어가고 있었다. 리사는 존 아빠와 얘기 중인 노신사에게 다가가 팔짱을 꼈다. 그러고는 존한테 말을 걸었다.

"망쳤어. 리사 임이 얼쩡거리면……."

"뭔 소리야?"

지나가 그쪽을 관찰하며 물었다.

"리사가 그랬단 말이야. 존이 자기를 좋아한다고."

"아냐, 안 좋아해."

"존이 리사를 안 좋아하는지 네가 어떻게 알아?"

"내가 들었단 말이야. 리사가 사귀자고 했는데, 존이 거절했대."

조이스는 숨이 턱 막혔다.

"정말이야?"

"정확해."

“누구한테 들었는데?”

지나는 자기를 가리켰다.

조이스는 못 믿겠다는 듯이 눈을 크게 떴다.

“내가 일하는 백화점엔 엄청나게 많은 사람들이 지나다니잖아. 어떤 뻔뻔한 고등학생이 여대생을 차버렸다는 얘기를 우연히 엿들었어.”

조이스는 고개를 설레설레 저었다.

“샘 말이 맞았어. 넌 요주의 인물이야.”

“샘이 그랬다고?”

조이스가 막 입을 열려는 순간, 누군가 조이스의 어깨를 톡톡 두드렸다.

“안녕, 조이스.”

조이스는 즉시 그 목소리를 알아챘다. 조이스는 천천히 몸을 돌렸다. 마치 물속에 있는 것 같았다. 팔다리가 뭔가에 눌린 듯 잘 움직여지지 않았다. 근처에 있는 사람들의 얼굴이 길게 이어져 하나의 배경으로 펼쳐지며, 얼굴 하나가 조이스 앞에 또렷하게 나타났다. 존 포드 강. 조이스는 눈을 깜빡였다. 존이 그대로 앞에 있었다.

“안녕.”

조이스는 작은 목소리로 인사말을 건네며 무릎이 후들거리지 않게 힘을 주었다.

“나, 너랑 같이 줄서도 돼?”

“어, 그래.”

조이스는 간신히 대답했다. 옆에서 지나가 조이스의 옆구리를 간질였다.

"아, 여긴 내 친구 지나야."

존은 손을 내밀어 지나와 악수했다.

"안녕. 미술사 수업 같이 들었지?"

"그래, 맞아."

지나는 이를 활짝 드러내며 환하게 미소 지었다.

존은 다시 조이스를 향했다.

"배구 경기 끝나고 보니, 바비큐 파티에 네가 없더라."

"아, 그래. 그날 저녁에 일해야 했거든."

조이스는 얼렁뚱땅 넘겼다.

"이젠 별로 안 바쁘지? 새 종업원이 왔으니까."

조이스는 존을 바라보았다. 존이 식당에 또 들렀단 말인가?

줄이 조금씩 앞으로 움직이기 시작했다. 교회 입구로 들어서자 지나가 조이스의 옆구리를 콕 찌르며 턱으로 가리켰다. 리사 임이 입구 근처에 서서 조이스 쪽을 넌지시 바라보고 있었다. 조이스 식구들과 나란히 걸어오는 존을 발견하자, 리사의 눈이 가늘어지며 조이스와 조이스 가족을 향해 레이저빔을 발사했다.

막 교회 안으로 들어서는 순간, 리사가 귀에 휴대전화를 바짝 댄 채 친교실(親交室)로 달려가는 게 보였다. 그사이 리사의 추종자들이 리사 주위로 벌 떼처럼 몰려들었다.

존은 자기 아빠와 함께 조이스 가족 몇 줄 뒤에 앉았다. 조이스는 참으려 애썼지만, 잠시 천장에 붙은 조명등을 세어본 뒤 어쩔 수 없이 뒤를 돌아보았다. 끝이 멋지게 살짝 휘어진 존의 머리칼이 눈에 들어왔다.

설교가 끝난 뒤 천천히 교회를 빠져나오려는데, 고모가 조이스의 손을 잡고 바깥마당으로 이끌었다.

"미리 말할 시간이 없었어. 수술이 다음주로 잡혔다."

"다음주요? 다음달인 줄 알았는데요."

"병원에서 전화가 왔어. 일정을 당길 수 있다고."

"하지만 다음주에 친구가 전시회를 해요."

조이스는 고개를 숙였다. 지나와 샘에게 어떻게 설명해야 할지 막막했다.

"벌써 예약 잡았다. 네 친구도 이해해줄 거다."

조이스는 별수 없이 고개를 끄덕였다.

"그 잘생긴 남자애가 자기 아빠랑 친교실에 있더구나."

그렇게 말하고 고모는 멀어져 갔다.

조이스는 친교실을 어슬렁거렸다. 엄마랑 아줌마들 몇 명이 내놓을 음식을 준비하고 있었다. 존은 자기 아빠 옆에서 같이 커피를 마시고 있었다. 가서 말을 걸어야 할까? 조이스는 문가에 선 채 잠깐 망설였다. 그러면 존을 따라온 게 너무 티 나겠지? 그나저나 지나는 어디 있는 거야? 조이스는 주위를 둘러보았다. 지나도, 샘도 보이지 않았다. 혼자서도 잘해낼 수 있을까? 약간 의심스러웠지만, 조이스는 자신을 믿어보기로 했다.

조이스는 머리칼을 어깨 뒤로 넘겼다. OK. 입술 주위를 손가락으로 쓱 문질러 혹시 있을지 모를 립스틱 얼룩을 지웠다. OK. 그 다음엔 손으로 눈을 확인했다. 순간 조이스는 후다닥 친교실을 뛰쳐나갔다. 화장실을 찾아 달려가는 내내, 조이스의 시선은 땅바닥을 향했다. 젠장, 쌍꺼풀이 떨어졌어!

조이스는 곧장 화장실로 들어갔다. 세 칸에 이미 누군가 있어서 제일 안쪽 칸막이로 들어가니, 두 군데서 거의 동시에 물 내리는 소리가 났다. 물 흐르는 소리가 들리는 가운데 두 여자는 수다를 떨며 손을 씻었다. 잠시 후 세 번째 칸에서 물 내리는 소리가 들려오고 하이힐 소리가 화장실 안에 울려 퍼졌다.

"안녕, 리사."

목소리 하나가 외쳤다.

숨죽인 대화가 오갔다. 이윽고 깜짝 놀란 목소리가 높게 울려 퍼졌다.

"헬렌 박이 동성애자라고?!"

"쉿!"

세 여자는 한국말로 바꾸어 속삭이면서 문을 열고 밖으로 나갔다. 조이스는 앉은 채 그대로 얼어붙었다. 내가 제대로 들은 거 맞나? 젠장. 조이스는 손바닥으로 머리를 세게 쳤다. 왜 그 여자들 구두를 확인하지 않았을까? 리사와 얘기한 여자들은 누굴까? 수연 엄마와 리사 엄마의 고향이 같다는 리사의 말이 떠올랐다. 천박하게 소문을 퍼트리고 다니다니. 조이스는 리사 가슴속, 풍선 같은 실리콘 주머니를 확 터뜨려서 리사 몸에 질질 흘러내리는 꼴을 보고 싶었다.

조이스는 주먹으로 칸막이 문을 쾅 열고 걸어 나왔다. 이건 헬렌에게 치명적이다. 리사를 가만 내버려두면 안 된다. 이런 얘기는 바이러스보다 더 빨리 퍼지니까. 얼른 밖으로 나가려 하는데, 거울 속에 비친 모습이 조이스의 눈길을 사로잡았다. 조이스는 끙 한숨을 쉬었다. 눈꺼풀을 다시 붙여야 한다는 사실을 까맣게 잊고 있었다. 지나의 도움이 없으면 한도 끝도 없이 시간이 걸릴 거다. 조이스는 거울을 향해 바짝 다가갔다. 쌍꺼풀 없이 존의 얼굴을 볼 수는 없다. 존에게 깊은 인상을 주지 못하면 리사 임이 당장 달려들 거다. 뭘 어째야 하지? 시간이 없다.

조이스는 움찔하며 천천히 숨을 쉬었다. 답은 한 가지밖에 없다. 조이스는 남아 있는 한쪽 테이프를 눈꺼풀에서 뜯어냈다.

"아야!"

조이스의 입에서 날카로운 비명이 새어나왔다. 젠장, 예뻐지기도 되게 힘드네.

조이스는 화장실에서 뛰쳐나와 마당으로 달려갔다. 몇 명이 모여서 한창 대화에 빠져 있었다. 조이스가 스쳐 지나가자 사람들의 눈동자가 조이스 쪽을 향했다. 조이스는 헬렌을 찾아 마당을 미친 듯이 뛰어다녔다. 저 멀리 벤치에, 샘과 지나가 앉아 얘기 나누며 웃고 있었다. 조이스는 급히 달려갔다.

"헬렌 언니 봤어?"

조이스는 숨이 차 헐떡거리며 물었다.

“조이스, 눈이 왜 그래?”

“떨어졌어. 나중에 설명할게.”

“다시 하면 돼. 테이프가 더 있거든.”

지나가 몸을 일으키며 말했다.

“이젠 소용없어. 헬렌 찾는 거나 도와줘.”

“진정해, 조이스. 무슨 일이야? 헬렌 언니한테 무슨 문제라도 생겼어?”

조이스는 아랫입술을 깨물었다. 보이는 곳마다, 점점 더 많은 얼굴이 조이스 쪽을 흘끔거리며 소곤소곤 입술을 움직이는 것 같았다.

“빨리 헬렌을 찾아야 해.”

조이스의 다급한 표정과 목소리에 지나가 일어섰다. 샘도 따라 일어섰다.

“알았어. 같이 찾아보자.”

세 사람은 여기저기 돌아다니며 헬렌의 얼굴을 찾았다. 조이스는 지나치며 사람들의 표정을 보고, 소곤거리는 소리를 들었다. 조이스가 다가가면 대화가 갑자기 잦아들면서 사람들이 몸을 틀었다. 이 사람들이 지금 헬렌에 대해 뭐라 떠들어대고 있는 거지? 조이스는 마치 자기 교회인 양 교회 안팎을 휘젓고 다녔다.

친교실 안에 들어서자마자 조이스는 얼어붙고 말았다. 존이 문 근처에 서서 초코도넛을 먹고 있었다. 순간 조이스는 비틀거리며 바닥에 주저앉았다. 지나가 조이스를 얼른 붙잡았다.

존이 급히 다가왔다.

"괜찮아?"

그러고는 조이스의 손을 붙잡고 일으켜주었다.

조이스의 얼굴이 빨갛게 물들었다.

"난 정말 바보야."

조이스의 말에 존이 방긋 웃었다.

"내가 너한테 반응을 불러일으키나 봐."

"뭐?"

"넌 날 볼 때마다 매번 쓰러지잖아."

조이스는 끙 신음하며 씩 웃었다. 존도 조이스를 보며 웃었다. 순간 조이스는 깨달았다. 존이 자기 얼굴에서 달라진 점을 전혀 알아차리지 못한다는 사실을.

"도넛 갖다줄까?"

존이 물었다.

조이스는 잠시 존의 눈을 물끄러미 바라보았다. 이건 꿈인 게 분명하다.

"아니, 괜찮아."

그때 지나가 소리쳤다.

"조이스, 헬렌 언니는 주방에 있어."

조이스는 다시 정신을 가다듬었다.

"좀 있다 올게."

그러고는 존에게서 물러났다.

존이 손가락으로 조이스를 가리켰다.

"아냐. 내가 좀 있다 갈게. 약속이다."

조이스는 고개를 흔들며 걸어갔다. 존은 바보다. 씩 웃음이 나왔다. 진짜 존한테 홀딱 빠질 만해.

＊ ＊ ＊

헬렌은 주방에서 엄마와 다른 아줌마 몇 명과 함께 설거지를 하고 있었다. 조이스는 달려가 다급히 속삭였다.

"얘기 좀 해."

헬렌은 계속 그릇의 물기를 닦아냈다.

"무슨 일인데, 조이스?"

"개인적인 거야."

헬렌은 고개를 갸우뚱하더니, 엄마한테 접시를 건네고 주방 뒤쪽으로 조이스를 따라왔다.

"어떤 여자들이 언니 얘기 하는 걸 들었어."

조이스는 목소리를 낮추어 말했다.

"무슨 소리야?"

헬렌의 눈동자가 바닥을 향했다.

"언니 이름, 그리고 '동성애자' 란 말을 했어."

헬렌은 손을 입으로 가져갔다. 잠시 뒤 얼굴을 들었을 때, 헬렌의 눈은 분노로 이글이글 불타고 있었다.

"젠장, 지나가 말할 줄 알았다니까!"

조이스는 주춤 물러섰다.

"언니."

"네 친구, 정말 입이 싸구나."

이를 앙 다무느라 헬렌의 턱이 올라갔다 내려왔다 했다.

"지나한테 말할 시간도 없었어. 지나는 아냐."

헬렌의 눈이 혼란스러움으로 일그러졌다.

"그럼 누구지? 제대로 들은 거 맞아?"

조이스는 고개를 끄덕였다. 리사와 존 얘기는 나중에 하기로 했다.

아줌마들과 얘기를 나누던 엄마가 헬렌의 얼굴 표정을 보고는 두 사람에게 다가왔다.

"무슨 일이니, 헬렌?"

"조이스가 그러는데, 어떤 여자들이 저에 대해 얘기하는 걸 들었대요."

엄마는 헬렌의 얼굴을 어루만졌다.

"어떻게 할래?"

"그냥 집에 가고 싶어요. 여기서 벗어나고 싶어요, 지금은."

세 사람은 바로 주방을 나왔다. 이제야 조이스는 확실히 깨달았다. 그건 조이스의 상상이 아니었다는 걸. 거의 모든 눈동자가 돌아서며 세 사람을 흘끔거렸다. 엄마는 두 딸의 손을 잡고 고개를 꼿꼿이 세운 채 친교실을 나와 마당으로 걸어갔다.

다른 노부인들과 앉아 있던 고모가 세 사람을 보자마자 자리에서 일어섰다. 고모 친구들은 고모를 보다가 엄마를 보고, 다시 고모의 얼굴을 보았다. 엄마는 잠깐 걸음을 멈추었다. 하지만 이윽고 앞으로 성큼성큼 걸어갔다.

고모가 엄마의 걸음을 막았다. 그러고는 엄마한테 속삭였다.

"자네가 헬렌한테 미스터 문이랑 만나라고 하면, 이런 추한 소문을 안 들을 수 있네."

엄마는 고모를 바라보았다. 엄마의 얼굴은 침착했다. 이번엔 고모의 말에 전혀 개의치 않았다.

"소문이 아녜요."

고모는 놀라 눈이 튀어 나올 것처럼 보였다.

"형님, 나중에 집에서 다 설명해드릴게요. 여긴 그런 중요한 얘길 할 곳이 못 돼요. 우리 식구가 가장 중요하다, 형님은 늘 그렇게 말씀하셨죠. 맞아요. 우린 한 가족이니까 서로 의지하고 도와야 해요."

고모는 시선을 떨어뜨렸다. 고모가 마음을 가라앉힐 때까지 엄마는 잠자코 기다렸다. 고모 얼굴은 꿈쩍도 하지 않았지만, 그나마 움직일 수 있는 몇 안 되는 부분이 고통으로 일그러지는 걸 조이스는 알아볼 수 있었다.

아빠와 앤디가 주차장 근처, 저쪽 운동장에서 허겁지겁 달려왔다. 샘이 두 사람 바로 뒤에 있었다.

"여보, 괜찮아?"

엄마는 힘주어 고개를 끄덕이고는 고모를 흘끗 바라보았다. 고모는 손가방을 꼭 움켜쥔 채 한 마디도 하지 않았다. 반면 눈동자는 식구들 사이를 분주히 오갔다.

샘이 걸어와 지나 곁에 섰다. 조이스 가족과 지나가 함께 모여 있는 걸 보고, 지나 엄마도 목사 부인과 수다 떨다 말고 건너왔다. 모두가 헬렌을 에워싸고 둥그렇게 모여섰다. 조이스는 옆에 있는 헬렌의 몸이 떨리는 걸 느낄 수 있었다. 조이스는 손을 내밀어 헬렌의 손을 잡았다. 헬렌은 고개를 당당히 든 채 사람들에게 흥분한 모습을 보이지 않으려 애썼다.

잔디밭에 서서 유난히 큰 소리로 웃고 떠드는 사람들이 조이스의 눈에 띄었다. 리사 임과 친구들이었다. 리사의 가슴을 맞힐 다트가 간절히 필요한 순간이었다. 조이스의 시선을 눈치 채고 앤디도 리사를 향해 째려보았다.

"가자."

엄마가 앞으로 움직이기 시작했다. 조이스 가족은 엄마를 따라 주차장 계단으로 향했다. 고모가 따라오라고 손짓하자 노부인들이 뒤에서 보조를 맞추었다. 조이스 가족이 천천히 마당을 나가자, 몇몇 사람들이 소리쳐 인사를 건넸다. 어떤 사람들은 손을 내밀어 아빠와 악수하고, 어떤 사람은 고모와 노부인들에게 허리 숙여 인사했다.

존은 아빠와 함께 얼굴 가득 궁금한 표정을 드러내며 상황을 지켜보고 있었다. 조이스는 곁을 지나치며 존의 눈동자를 바라보았다. 존이 V자로 손가락을 들어올리며 윙크했다. 이번에는, 조이스도 윙크했다.

계단을 향해 내려가려는데 앤디가 잔디밭을 가로질러 달려갔다. 앤디는 특수부대 요원처럼 재주넘기를 하더니 물총을 리사 임에게 똑바로 겨누었다. 앤디가 두 발 발사하자, 무슨 시럽 같은 것이 리사의 원피스 앞자락에 매달렸다가 뚝뚝 떨어졌다. 명중이다.

리사가 자기 가슴을 내려다보더니 꽥 비명을 질러댔다. 앤디는 후다닥 달려와 식구들 틈에 다시 끼었다.

"안에 든 게 뭐야?"

조이스는 물었다. 앤디가 말하지 않길 바라는 마음도 반쯤은 있었다. 조이스도 요 전날 맞을 뻔했으니까.

"상어 간 알약을 으깨서 총에다 집어넣었어. 탐 고한테 써먹으려고 아껴뒀는데, 녀석이 오늘 아파서 못 나왔다잖아."

"넌 정말 못 말리는 애야. 암튼 잘 맞혔어."

조이스는 씩 웃었다.

19장
수술실에서

조이스는 라이너 박사의 외래환자 수술실에 앉아 있었다. 바스락 거리는 종이 가운 소리가 조이스의 귀에는 심장박동 소리만큼이나 쿵쿵 크게 들렸다. 매력적인 나비로 탄생하기 위해 고치 안으로 들어가는 마지막 순간.

라이너 박사가 들어오기를 기다리는데 가운 앞쪽이 계속 신경 쓰였다. 조이스는 지나가 지금 뭘 하고 있을지 떠올리려 애썼다. 내일 샘의 전시회 오프닝 때 입을 새 원피스 쇼핑을 하고 있을까? 조이스는 조명등을 올려다보며 몇 개나 달려 있나 세어보았다. 지나는 저 밖에서 즐겁고 놀고 있는 반면, 조이스는 여기 앉아 수술을 기다리고 있다. 앞으로 며칠 동안 진통제에 취해 흐리멍덩한 상태로 집에 갇혀 있어야 한다고 생각하니 기분이 나빠졌다.

조이스는 다리를 까닥까닥 흔들었다. 무척 아플 거란 생각이 들자 속이 메스꺼워졌다. 조이스는 속을 가라앉히려고 입으로 숨을 깊이 빨아들였다. 헬렌은 지금 뭘 하고 있을까? 아마 이삿짐을 싸고 있겠지. 책하고 옷을 전부 챙겨 기숙사로 갈 준비를 하고 있겠지.

헬렌의 얼굴이 기대감에 빛나는 모습을 상상하며 조이스는 미소 지었다. 헬렌은 처음으로 자기만의 삶을 살게 될 거다. 조이스가 기억하는 한, 헬렌이 그렇게 행복해하는 모습을 본 건 진짜 오랜만이었다. 그리고 헬렌이 떠나면 조이스는 평생 처음으로, 자기만의 방을 갖게 될 거다.

젠장! 조이스는 침대보를 내리쳤다. 헬렌과 조이스가 새 방을 꾸미는 데 필요한 걸 쇼핑하러 가기로 고모가 약속했는데, 조이스는 함께 가지 못할 거다. 물론 조이스가 외출할 정도로 괜찮아지면 고모랑 둘이 쇼핑하러 가겠지만, 그래도 셋이 함께 쇼핑하는 게 훨씬 재미있을 텐데. 아!

회복까지는 몇 주밖에 안 걸릴 테지만, 그 시간조차 자기 외모에 몰두하느라 조이스가 놓쳤고, 또 놓치게 될 그 모든 것들과 비교하면 엄청나게 긴 것 같았다. 여기 앉아 기다리면 기다릴수록, 마치 삶이 조이스 없이 그냥 앞으로 나아가는 것처럼 느껴졌다. 조이스는 아랫입술을 살짝 깨물었다. 존이 연락해 오면 어쩌지? 왜 오랫동안 안 보였냐고 하면 존한테 뭐라고 설명하지? 한동안 조이스는 교회에 가서 존이랑 대화를 나눌 수 없다. 그사이, 빌어먹을 리사 임은 존을 꼬드기기 위해 자기가 아는 모든 방법을 동원하겠지.

조이스는 한숨을 쉬었다. 왜 이렇게 오래 걸리지? 조이스는 침대에서 껑충 뛰어내려 몇 걸음 걸었다. 지금 여기서 대체 뭘 하고 있는 거지? 이게 정말로 내가 바라는 걸까? 조이스는 쌍꺼풀을 하면 훨씬 매력적이고 자신감 넘치게 보일 것임을 믿어 의심치 않았다. 하지만 자기가 진정으로 하고 싶던 그 모든 것이 점점 더 장애물처럼 느껴졌다. 달라지기 위해 여기 이렇게 앉아 기다리는 이 소녀, 이 여자는 누구지? 나란 존재를 정의하는 건 뭐지? 내가 나를 모르겠는데, 내가 정말로 바라는 게 뭔지도 모르겠는데, 이런 상태에서 얼굴 좀 바꾼다고 뭐가 달라지지? 그게 나한테 무슨 의미가 있지? 나중에 후회할까? 조이스는 알 수 없었다. 바로 그게 문제였다.

조이스는 종이 가운을 움켜쥐고 복도로 나왔다.

"저기요, 잠깐만요!"

* * *

조이스는 평상복으로 갈아입고 대기실로 걸어 들어갔다. 고모와 엄마는 잡지를 펼쳐 보고 있었다. 엄마가 일어나 조이스 곁으로 달려왔다.

"뭐가 잘못됐니?"

고모가 잡지를 탁자 위에 내려놓으며 말했다.

"수술 못 했구나."

조이스는 고개를 끄덕였다.

"내 눈이 달라지는 거 싫어요. 쌍꺼풀 하나 때문에 내가 더 멋져 보이고, 자신감을 갖게 될 것 같진 않아요. 내가 남들 눈에 어떻게 보이는지 집착하는 거, 이젠 지쳤어요. 그냥 나인 것도 괜찮은 것 같아요. 이번 여름에 하고 싶은 게 엄청 많거든요."

엄마가 고개를 끄덕였다.

고모가 앞으로 나섰다.

"내가 라이너 박사 스케줄을 다시 잡아줄까? 오늘은 적당한 때가 아닌 것 같구나."

조이스는 고모에게 허리 숙여 인사했다.

"감사합니다, 고모. 정말 고맙습니다. 하지만 이게 저예요."

조이스는 자신을 내려다보았다.

"난 제일 예쁘지도, 제일 똑똑하지도 않아요. 나중에 뭐가 되고 싶은지도 잘 모르겠어요. 그래도 지금 당장 나한테 뭐가 중요한지는 알아요."

조이스는 말을 멈췄다. 잠시 엄마를 보고는 고모에게 물었다.

"여쭤볼 게 있어요, 고모. 제 쌍꺼풀 수술비를 지나가 투명 교정기 하는 데 보태주시면 안 될까요?"

고모는 이해가 안 된다는 듯 고개를 갸우뚱했다.

"내가 지나 치아교정을 도와줬으면 좋겠니?"

작은딸의 얼굴을 자세히 살피는 엄마의 눈동자가 부드러워졌다.

조이스는 고개를 끄덕였다.

"그러면 올해는 진짜 지나의 해가 될 거예요."

고모는 다시 생각했다.

"그건 문제가 안 될 것 같구나."

엄마가 조이스를 향해 미소 지었다.

"지나 엄마가 무척 좋아하겠다."

고모는 손을 내밀어 조이스의 어깨를 토닥였다.

"넌 날 닮았어. 마음이 참 넓어."

조이스는 활짝 웃었다. 마이클 고모를 닮았다는 말이, 이번에는 기분 나쁘게 들리지 않았다. 게다가 다시 쌍꺼풀을 하고 싶어진다면, 라이너 박사가 조이스를 위해 기꺼이 선물한 쌍꺼풀용 풀이 있었다. 조이스는 손을 뒤로 내밀어 뒷주머니에 불룩 튀어나온 것을 두드렸다. 조이스가 언제 또 모험을 필요로 할지 누가 알겠는가?

쌍꺼풀, 할까? 말까?

코 높이고, 눈꺼풀 위에 주름 하나 만드는 건 더 이상 큰 수술 축에 끼지 못하는 게 요즘 한국 사회의 세태다. '대한민국은 성형공화국'이라는 말도 이젠 그리 새롭지 않다. 대한민국만 그런 게 아니라 한국사람이 모여 사는 곳은 다 그런 모양이다.

작품 속 조이스가 살고 있는 로스앤젤레스는 이런 면에서 오히려 한국보다 더 한국적이다. 타향에서 한국인의 정체성을 찾으려 하다 한국색이 더 짙어진 건 아닐까 하는 생각이 들 정도다. 게다가 재미동포 작가 안나는 한국의 문화를 미국 사회에 전하고픈 마음에, 한국의 음식문화라든가 허리 숙여 인사하는 모습, 그리고 끈끈한 가족애를 여러 번 강조해 묘사하고 있어, 작품 전체에 한국적인 분위기가 물씬 풍긴다.

한국문학을 정의할 때, 흔히 한국사람이 우리 글로 우리의 사상과

감정을 표현한 것이라고들 한다. 그렇다면 이 작품은 한국문학이 아닌 그저 영미문학으로 분류될지도 모르겠다. 그러나 이것이 한국어로 옮겨지면 엄연한 한국문학이다. 때문에 이 작품을 옮기는 작업은 퍽 남달랐다.

작가는 '돈만 있으면 누구나 예뻐질 수 있고, 외모가 성공에 필수 조건이 된 지 오래'인 한국인 사회의 모습을 마치 이방인의 문화처럼 낯설게 그리고 있다.

한국보다 더 한국적인 로스앤젤레스에 살고 있는 조이스의 고모가 복권에 당첨되었다. 그래서 기념으로 조카딸에게 쌍꺼풀 수술을 선물로 해주겠단다. 가뜩이나 조이스는 예쁘고 공부까지 잘하는 '범생이' 헬렌 언니한테 뭐든 '왕짜증'이 나 있는데 말이다. 절친 지나는 완전 '땡잡았다'며 자기도 그런 고모가 있다면 엉덩이에 뽀뽀라도 하겠다고 수술을 부추긴다.

그전까지 조이스는 그런 수술이 있는지도 몰랐다(아마존 서평을 보니 일부 서양의 독자들은 쌍꺼풀 수술을 몹시 신기하게 생각하고 있었다). 조이스가 홀딱 빠진 존조차 조이스 눈꺼풀의 변화를 알아차리지 못했다.

눈치 빠른 독자라면 이 작품을 읽어 내려가며 어느 정도 결말을 짐작할 수 있을지도 모른다. 분명 내면의 아름다움 운운하며 주인공으로 하여금 쌍꺼풀 수술을 포기하게 만들겠지, 그렇게 상투적인 건 전함으로 막을 내릴 거야……

글쎄, 그럴까?

현실은 그러하지 않은데, 우리 아이들에게 '외모보다는 내면이 우선'이라는 진부한 소리를 계속 떠들 수 있을까?

그래서 조이스가 정말 쌍꺼풀 수술을 받았냐고? 저런, 난 스포일러가 되진 않을 테다.

2011년 가을

김선희